KARLHEINZ LAPPLER

Bei Fred an der Hotelbar

Erlebnisse eines Barkeepers

Bibliografische Information der Deutschen Nationalbibliothek: Die Deutsche Nationalbibliothek verzeichnet diese Publikation in der Deutschen Nationalbibliografie; detaillierte bibliografische Daten sind im Internet über dnb.dnb.de abrufbar.

© 2019 Karlheinz Lappler
Herstellung und Verlag: BoD – Books on Demand, Norderstedt
ISBN: 978-3-7481-9222-0

Lange bevor die Schließung des Hotels offiziell bekanntgegeben wurde und jeder darüber einen Bericht in der Zeitung lesen konnte, munkelte man schon im näheren Umfeld, dass das Ende des renommierten Betriebes gekommen sei. Als dann die Kündigungen für das gesamte Personal versandt wurden, die sofort im Kreis der Beschäftigten die Runde machten, dort aufgeregt diskutiert wurden und sich wichtige Angestellte wie der Chefkoch und einige seiner Mitarbeiter in der Küche, zwei Rezeptionisten, der Oberkellner des Restaurants und vor allem der Hotelmanager selbst nahezu fluchtartig in Richtung anderer Betriebe aufmachten, wo sie umgehend, aber nicht immer gleichwertig unterkamen, war auch für den Barmann Manfred Czerwionczik, der vielen nur unter dem Kurznamen Fred bekannt war, der letzte Arbeitstag in Sichtweite. Fred trug es mit Fassung, denn er hatte nur noch wenige Monate bis zu seinem Renteneintritt durchzustehen. Doch er verwandt den Einschnitt vom beliebten, geschätzten Barmann zu einem plötzlich in eine Leere fallenden Rentner nicht leicht.

Die Jahre, die Fred dem Hotel und vor allem seinen Gästen diente, musste er immer wieder nachrechnen, denn es waren viele. Nach dem Zweiten Weltkrieg, der ihn als Oberschlesier in den Westen Deutschlands verschlagen hatte, musste er als junger Flüchtling erst Fuß fassen. Der Vater war im Osten verschollen und die Mutter hatte ihn bei der Flucht aus den Augen verloren. Er hatte sich allein in den Westen durchgeschlagen. Anfangs war er bei einer Kriegerwitwe untergekommen, die ihn, da sie Mann und Sohn verloren hatte, wie einen Mann- und Kindersatz versorgte. Doch nach Monaten war ihm die erdrückende Betreuung zu eng geworden und er suchte sich ein Zimmer in der großen Stadt. Er hatte eine gute Arbeit in einem Hotel gefunden und stand nun, da er vom Hilfskellner zum Barmann gewechselt hatte, auf eigenen Beinen.

Sein feiner, freundlicher Umgang mit Gästen im Hotelbetrieb war nur anfangs durch die fremd gefärbte Sprache mit kleinen Schwierigkeiten beeinträchtigt. Durch seine Beliebtheit bei den Stammgästen, die sofort nachfragten, wenn sie ihn bei ihrer Ankunft nicht gleich entdecken konnten, war er nach einigen Jahren im Hotelbetrieb nicht mehr wegzudenken.

So vergingen viele Jahre und keiner, weder Fred selbst noch die Gäste, die kamen und wieder abreisten, konnten sich vorstellen, dass es das Hotel einmal nicht mehr geben würde.

Viele Tage und Abende liefen für Fred gleich oder ähnlich ab, doch es gab Momente, die Fred immer wieder ins Gedächtnis kamen, wenn er von seinem Zuhause kam und auf das Hotel zusteuerte. Oft verweilte er kurz vor dem Eingang, blickte stolz auf das Firmenschild des Hauses, um dann mit einem frischen Schwung, der ungewöhnlich für sein Alter war, die Stätte seines Arbeitsplatzes zu betreten.

Eines Abends, daran erinnerte sich Fred, der Barkeeper, noch gut, betrat ein Paar, intensiv diskutierend, die Bar. Ganz automatisch schwangen sich die beiden, ein großer, hagerer Mann und eine vollbusige brünette Frau, auf die Barhocker. Es war kurz nach dem späten Abendessen. Beide kamen aus dem Theater, wo sie ihre letzte Vorstellung in dieser Saison hatten.

»Wenigstens im Schlussakt hättest du ausdrucksstärker spielen können, Wilfried.«

»Ach, es war doch schon egal, das Parkett war nur zu Zweidrittel gefüllt und man merkte das Desinteresse des Publikums.«

»Aber trotzdem, wenn du mit mir spielst, erwarte ich mehr. Denn negative Kritiken färben auch auf mich ab.«

»Was interessieren mich die Kritiken!«

»Mich schon, ich spiele doch die Hauptrolle im Stück.«

»Das heißt aber noch lange nicht, dass deine Rolle die Wichtigste im Stück ist.«

»Ach, hör auf. Lass uns endlich was bestellen. Der Barkeeper wartet schon. Er will dein Genörgel nicht hören.«

»Gut, ich nehme einen ... Was nimmst eigentlich du?«

»Weiß noch nicht, irgendetwas länger Anhaltendes, nicht was man nur hinunterschüttet.«

»Was können Sie uns denn empfehlen?«, wandte sich der Mann an den Barkeeper, der den Dialog mitgehört hatte.

»Wünschen Sie einen kleinen Cocktail oder einen Longdrink?«

Der Barmann listete eine Reihe von den bekanntesten Drinks auf.

»Also mir ist es egal. Ich nehme dann einen „Screwdriver", ich glaube da hat man lange daran und kann dann gut schlafen«, sagte der Mann.

»Und für mich machen Sie bitte einen „Plunter's Punch"«, entschied sich letztlich die Frau an Fred gewandt.

»Sehr wohl die Herrschaften«, sagte Fred hinter der Bar und machte sich an die Arbeit.

»Aber trotzdem, fandst du deinen Auftritt nicht etwas zu schwach, nicht der Rolle eines Königs angemessen?«

»Es gibt auch Könige, die nicht unbedingt als Protze auftreten. Ich spiele so, wie es die Rolle verlangt und vor allem wie der Regisseur sie ausgestaltet haben will.«

»Und hat er sie so ausgestaltet haben wollen?«

»Bist du jetzt der Regisseur?«

»Du hast es doch genau mitbekommen, wie er sie beschrieben hat.«

»Und du richtest dich immer genau nach dem Regisseur? Du bist doch der bekannte Schauspieler. Den Namen des Regisseurs hat das Publikum bald vergessen. Du hast doch Einfluss darauf, wie die Rolle ausgestaltet werden soll.«

»Ja, aber ich beziehe die Absicht des Autors mit ein und orientiere mich an dessen Intensionen.«

»Und welche hatte er?«

»Er hatte die Intension, dass der König so dargestellt werden sollte, wie ich ihn gespielt habe.«

»Und woher wusstest du das?«

»Das spürt man, wenn man den Text vollständig und genau gelesen hat.«

»Soll das etwa heißen, dass ich den Text nicht gelesen habe?«

»Das habe ich nicht gesagt.«

»Aber du hast das so gemeint.«

»Wie kommst du auf so etwas?«

»Das spüre ich, eine empfindsame Person wie ich, spürt so etwas.«

»Du musstest dich doch gar nicht mit dem gesamten Text befassen. Deine Rolle beschränkte sich doch nur auf die Hälfte des Stückes.«

»Willst du damit sagen, ich hätte nur eine Nebenrolle auszufüllen gehabt?«

»Nein, aber…. «

Jetzt stellte der Barkeeper die beiden Drinks auf den Tresen.

Das Paar nippte jeder an seinem Getränk.

»Schmeckt lecker«, sagte die Frau.

»Es ist trinkbar«, knurrte der Mann.

Sie nippten wieder.

»Ich glaube, so ein Drink reicht am Abend.«

»Kommt darauf an, was du noch vorhast.«

»Was soll ich noch vorhaben. Text lernen? Die Rolle nochmals durchgehen?«, giftete der Mann provokant.

»Schätzchen, das Stück ist durch, jedenfalls für diese Saison.«

»Was willst du immer noch mit dem Stück, entspann dich doch endlich.«

»Wie soll ich mich entspannen, wenn du immer noch nicht loslassen kannst.«

»Ich kann nicht loslassen? Ich habe mich von dem Stück längst verabschiedet.«

»Das habe ich deutlich im letzten Akt gemerkt, wie du als König agiert hast.«

Der Mann wollte gerade zu einer aggressiven Erwiderung ansetzen, da hob die Frau ihr Glas und sagte künstlich lächelnd: »Cheers, Schatz!«

Der Mann hob missmutig auch sein Glas. Sie nippten jetzt wieder beide.

»Jetzt ist aber Schluss mit dem Gerede über das Stück«, sagte der Mann. »Wer weiß wann wir wieder zusammen spielen.«

»Jedenfalls nächste Saison nicht«, sagte die Frau. »Ich bin die ganze Saison in Braunschweig.«

»Wenn ich in Freiburg spiele, werden wir uns höchstens einmal im Monat sehen.«

»Reden wir dann wieder über unsere Rollen?«

»Jetzt fang bloß nicht schon wieder mit dem König an. In Freiburg spiele ich einen Räuber.«

»Den Hauptmann oder nur eine Nebenrolle?«

»Glaubst du, ich gebe mich für eine Nebenrolle her?«

»Und du, spielst du wieder die Königin?«

»Ja, natürlich, jetzt wo ich in der Rolle schon drin bin.«

»Ich hoffe, du hast dann einen besseren König als mich.«

»Jedenfalls einen, der auf mich hört. Nicht nur was die Rolle anbelangt.«

Sie nippte an ihrem Drink.

Er schwieg.

Sie fuhr fort: »Summa summarum war es doch eine schöne Zeit, hier gemeinsam in einem Stück.«

»Wir könnten es ja in der übernächsten Saison wieder miteinander probieren.«

»Trink aus«, sagte er zu ihr mit einem Mal.

Und zum Barkeeper: »Schreiben Sie es auf das Zimmer 207.«

»Sehr wohl, der Herr«, sagte Fred.

Beide rutschten von den Barhockern. Er legte seinen Arm um ihre Hüfte und sie verließen langsam die Bar. Er hatte sie fest an sich gedrückt, so dass ihr Gang etwas ungelenk war. Als er sie auf ihren Nacken küsste, kamen sie fast ins Taumeln und kichernd betraten sie den Lift.

Fred, der Barkeeper sagte halblaut: »Schauspieler. Einfach nur Schauspieler!«

Fred ordnete gerade seine Flaschen, die sich hinter der Theke in einem verspiegelten Glasregal befanden, das von so überwältigender Breite war, um alle Spirituosen aufzunehmen, die er täglich oder nahezu täglich brauchte. Sein Kollege, auf weniger Akribie als er auf Ordnung achtend, hatte wie immer ein größeres Durcheinander nach seiner Schicht hinterlassen. Nun schob er Flaschen hin und her, stellte sie in die Regalhöhe, die er für praktisch und richtig hielt und drehte die Flaschen so, dass des Etikett deutlich zu lesen war.

Als die Seitentür der Bar aufging, drehte er sich nur kurz in diese Richtung um. Aber er stoppte dann und wandte sich mit einem Ruck der Person zu, die eben eingetreten war. Es war Veronika. Mit Veronika hatte er vier Jahre zusammengelebt. Mit ihr hatte er eine gemeinsame Tochter, Lisa. Merkwürdigerweise hatten sie jedoch nie geheiratet.

Veronika hatte damals vor 25 Jahren ebenfalls im Hotel gearbeitet. Sie war Kellnerin im Hotelrestaurant. Durch ihre Begegnungen während des Arbeitstages entstand anfangs eine freundschaftliche, dann eine vertraute Beziehung. Zu freien Arbeitszeiten gingen sie zusammen aus, ins Kino oder in den Botanischen Garten der Stadt. Veronika liebte Blumen.

Die unterschiedlichen Arbeitszeiten von Veronika und Fred brachten bald eine gewisse Entfremdung voneinander mit sich. Ihre Wege trennten sich ganz, als Fred für sich eine kleine Wohnung in Hotelnähe bezog. Von da an sahen sie sich nur sehr unregelmäßig, dann als Veronika einen Kraftfahrer kennen lernte nur noch zufällig.

»Was führt dich denn direkt zu mir hier her?

»Ich habe etwas zum Unterschreiben, es ist für Lisa, etwas Amtliches.«

Veronika entnahm ihrer Tasche ein Kuvert und legte es auf den Tresen.

Fred trocknete sich mit einem Tuch die Hände ab. Doch bevor er dann das Schreiben aus dem bereits aufgeschlitzten Kuvert zog, fragte er ohne aufzusehen:

»Wie geht es Lisa, was macht sie?«

»Willst du das wirklich wissen? Du hast dich lange nicht mehr um sie gekümmert.«

»Ja, ich weiß. Es tut mir auch richtig Leid, aber die Arbeit hier...«. Fred schwieg schuldbewusst.

»Lisa geht es gut. Sie hat ihre Ausbildung als Anwaltsgehilfin abgeschlossen und möchte jetzt weiter auf eine Schule gehen.«

»Das ist vernünftig. Man kann nie genügend lernen. Was soll ich jetzt unterschreiben?«

»Hier, dieses Schreiben vom Vormundschaftsgericht. Lisa wird in einem Monat achtzehn.

»Mein Gott, schon achtzehn, in vier Wochen.«

»Daran hast du wahrscheinlich nie gedacht.«

Fred nahm das Schreiben, überflog es kurz und unterschrieb an der Stelle, dort wo er „Vater" las. Veronika hatte schon an der für sie vorgesehenen Stelle unterschrieben. Fred faltete das Schreiben wieder zusammen und legte es auf das Kuvert.

»Warum hat denn dein Mann, der Herr Berger, nicht unterschrieben.«

»Erstens ist nicht er der Vater, sondern du. Zweitens hat er sie nie an Kindes statt angenommen. Und drittens sind wir seit zwei Jahren geschieden.«

»Du bist nicht mehr verheiratet?«

»Nein, wenn man geschieden ist, dann ist man nicht mehr verheiratet«, sagte sie spitz.

»Wie lange ward ihr denn verheiratet?«

»Es werden wohl fünf Jahre gewesen sein.«

»Warum hast du den Herrn Berger denn überhaupt geheiratet?«

»Das war eine Torschlusspanik. So seh' ich das heute«, sagte sie kurz, fuhr aber dann fort:

»Anfangs habe ich mir auch viel davon versprochen. Er war Kraftfahrer, er fuhr einen mittelgroßen Lkw und kam täglich nach Hause. Dann wechselte er die Stelle und fuhr nun im Fernverkehr, nach Dänemark oder in den Süden bis nach Palermo. Da kam er nur noch am Wochenende nach Hause. Er war dann zu nichts mehr zu bewegen, saß vor dem Fernsehgerät, trank ein Bier und schlief dann ein. Am Montagmorgen ging er dann wieder auf Tour. Ich hatte eine Tagesstelle in einer Kantine. Auf Dauer wollte ich dieses Leben nicht mehr so fortführen. Das war's dann. Aus. Fertig. Den Rest will ich dir gar nicht mehr erzählen.«

»Ich wusste das alles nicht«, Fred blickte auf den Boden.

»Das glaube ich dir gerne, woher auch.«

»Lisa würde ich gerne einmal sehen«, Fred sah wieder auf.

»Ich denke, sie traut sich nicht hier herein, obwohl sie bald alt genug ist, eine Bar zu besuchen. Außerdem würde sie dich nicht und du sie nicht erkennen.«

»Aber Grüße ausrichten kannst du wenigstens. Vielleicht kommt sie doch einmal vorbei.«

»Gut. Ich sag's ihr. Aber jetzt muss ich los. Eine Freundin vertritt mich an meinem Arbeitsplatz. Ich bin nur kurz weg. Ciao, Fred«, sagte sie und war schon zur Tür geeilt.

»Auf Wiedersehen, Veronika«, Fred murmelte die Worte nur.

»Du verdammter Narr«, sagte er zu sich selbst, nachdem Veronika bereits draußen war, »Im Verpassen von Chancen bist du der Größte.«

In seiner Verträumtheit, in den Gedanken, denen er jetzt nachhing, ließ er eine Flasche aus dem Regal fallen. Die Flasche zerplatze in ungezählte Scherben. Der teure Whiskey ergoss sich zwischen Regal und Theke. Fred war schlagartig wieder wach geworden.

Täglich musste sich Fred auf die verschiedensten Gäste einstellen, was nicht immer einfach war. Da war der Umgang mit den Angestellten, die im Hotel arbeiteten, einfacher, wenn auch nicht immer problemloser. Einer begegnete ihm täglich. Unauffällig und umsichtig bewegte er sich durch die Eingangshalle, die angrenzende Bar und in den Fluren zu den Gästezimmern, um Wasser in den Hydrokulturbehältern nachzufüllen, Papierkörbe in der Rezeption, im Sekretariat und in der Launch auszuleeren. Darüber hinaus erledigte er anfallende Arbeiten der Elektrik, eine defekte Glühbirne oder eine Leuchtstoffröhre auszutauschen. Der Mann in seinem grauen Arbeitskittel war Ante Plavac, der wie ein fast unsichtbarer Geist des Hauses sich in den Räumen bewegte. Sobald Gäste auftauchten, verschwand er leise und war nach wenigen Sekunden nicht mehr gesehen. Das schätzte das Hotelmanagement an ihm.
Ante hatte schon vor Jahren seine Heimat Jugoslawien verlassen. Was die Gründe dafür waren, hatte er bislang niemanden erzählt, nicht einmal Fred, dem Barmann, obschon er immer am frühen Morgen, wenn dieser seine Morgenschicht antrat, dort vorbeischaute.

»Zeit für einen Slibowitz«, rief ihm Fred beim Vorbeigehen gut gelaunt zu.

»Gerne, aber es soll keiner sehen«, antwortete Ante.

»So früh ist noch keiner in der Nähe. Wir sind ganz unter uns.«

Fred schenkte ein Glas ein und sagte: »Živjeli«

Ante verzog sein Gesicht zu einem breiten Grinsen, denn der Trinkspruch erinnerte ihn sofort an die alte Heimat und stürzte den Inhalt des Glases in einem Zug hinunter.

»Dobro, vrlo dobro«, sagte Ante, »gut, aber es gibt noch besseren.«

»Hat er dir nicht geschmeckt?«

»Doch, doch! Aber wenn ich wieder in Kroatien bin, wenn ich wieder meine Schwester besuche, dann bringe ich dir eine Flasche vom besten Slibowitz, den du nirgendwo sonst kriegst. Aber nicht für die Gäste, nur für dich, Fred.«

»Gut, da bin ich aber gespannt.«

»Versprochen, nächsten August.«

Er hob noch einmal das Glas an seinen Mund, um den letzten Tropfen, der sich am Glasboden gesammelt hatte, auszuschlürfen.

»Jetzt wird es aber Zeit, die Tonnen hinauszufahren, denn die Tonnenmänner sind pünktlich. Also muss ich auch pünktlich sein.«

Auf Ante war Verlass. Der Hausmeister verschwand durch die Nebentüre, die zum Hof führte. Bald hörte man ihn, wie er sich an den Mülltonnen zu schaffen machte. Dann rumpelte er mit den Tonnen durch die Einfahrt zur Straße.

Fred versuchte, auf seiner Bank an der Haltestelle sitzend, sich das Gesicht von Ante Plavac vorzustellen. Sitzt der jetzt zu Hause oder macht er ausgedehnte Spaziergänge? Einen Hund hatte Ante sicher nicht. Fred sinnierte gedankenversunken vor sich hin.

»Tiere hat der Ante noch nie gewollt. Im Hotel schon gar nicht«, murmelte Fred. Er erinnerte sich an die Dame mit dem Hündchen.

Im Regelfall sind Hunde im Hotel nicht so gern gesehene Gäste, eher geduldet und widerwillig akzeptiert. Oft hängt es am Hundebesitzer, wie die Akzeptanz aussieht. Je kleiner das Tier ist, umso eher sieht das Hotelmanagement über den vierbeinigen Gast hinweg. Es genügt schon, wenn er sich im Gästezimmer aufhält. Im Speisesaal ist ein Hund nicht geduldet. Die Bar des Hotels hingegen stellte eine Grauzone dar.

Mit ihrem Hündchen im Arm, das kaum größer als ihre Handtasche war, setzte sich die Dame an die Bar. Das Tier war ein Langhaar-Chihuahua, eine Tony-Rasse mit einem leicht gewellten Fell von weißer und falber Farbe.
An den Ohren waren Federn gebildet, und eine üppige Krause umgab den Hals und auch die kurzen Beinchen waren ausgiebig befedert.

Wie verabredet kam der viel zu jung aussehende und unseriös gekleidete Chauffeur der Dame, der auch noch weitere Dienste für seine Arbeitgeberin versah, in die Bar um den Hund zu einer Gassi-Runde abzuholen. Er nahm das Tierchen der Dame aus dem Arm, setzte es auf den Boden und hängte die Leine in das Halsband ein. Das Hündchen blickte flehend nach oben und wedelte mit dem Schwanz.
»Mario, aber nicht vor dem Hotel. Gehen Sie die Straße hinunter, da ist ein kleiner Park.«
»Sicher, gnädige Frau.«
»Und kommen Sie bald wieder zurück, sonst addieren sich meine Drinks heute Abend. Sie warten mit „Tessi" auf Ihrem Zimmer, damit sich das Tier nicht allein in einer fremden Umgebung aufhalten muss.«

»Gewiss, gnädige Frau.«

Der Hund wollte anfangs die Bar nicht verlassen. Und als sich die Dame ihrem Drink zuwandte, bedurfte es eines kräftigen Rucks an der Leine und das Tier wusste, dass ein Verweilen nicht mehr geduldet wurde.

»Und - Mario«, rief die Dame ihrem Bediensteten zu, »ich glaube ich habe heute noch etwas Appetit auf eine kleine Massage.«

»Wie Sie wünschen, gnädige Frau. Gerne heute Abend noch.«

»Fred«, sie wandte sich an den Barmann, »ich nehme noch einen Mojito.«

»Sehr gern«, sagte Fred und machte sich ans Werk.

Der Barmann zupfte einige Minzeblättchen von einem kleinen Strauß ab und gab sie mit Zucker in ein Glas. Mit dem Stößel zerdrücke er die Blätter. Anschließend fügte er eine geachtelte Limette dazu und zerdrücke sie ebenfalls mit dem Stößel. Nun gab er weißen Rum und Crushed Ice dazu und füllte alles abschließend mit Sodawasser auf.

»Hier, Ihr Mojito, sehr zum Wohl.«

Nach dem zweiten Mojito kam Mario mit dem Hündchen wieder zurück in die Bar.

»Ja, wo ist denn meine kleine „Tessi"«, sagte die Dame und schaute mit leicht glasigen Augen zu ihrem Tier hinab. »Jetzt wird es aber Zeit für unser Schläfchen.«

Der Hund wedelte mit dem Schwanz und die Dame rutschte vom Barhocker und hob das Tier hoch und nahm es in den Arm.

Die Dame stöckelte mit dem Hund auf dem Arm in Richtung Aufzug. Mario folgte in einem gewissen Abstand. Er zwinkerte noch unauffällig dem Barmann zu und deutete ein Grinsen an.

Seit einigen Tagen war der Abbruch des Hotels Kaiserhof in vollem Gange. Die Arbeiten mussten mit Rücksicht auf die Nachbargebäude vorsichtig erfolgen. Das Dachgeschoss ist am Vortag abgetragen worden und die Arbeiter beginnen langsam im 4. Stockwerk mit dem Einreißen der Mauern, die vormals die Zimmer voneinander trennten. Die Bauteile mussten auf die Rückseite des Gebäudes entfernt werden, wo ein großer Kran und ein Bagger standen. Die Vorderfront wurde mit größter Umsicht abgebrochen, da hier eine Hauptstraße mit einer Straßenbahnlinie verläuft, und die, soweit es ging, nicht beeinträchtigt werden durfte.

Der grauhaarige Mann saß auf dem schmalen Ruhebänkchen an der Tramhaltestelle auf der gegenüberliegenden Straßenseite. Er saß dort schon mehr als eine halbe Stunde und mehrere Straßenbahnen hatten hier für wenige Sekunden, die ihm den Blick auf die Abbrucharbeiten verstellten, angehalten und waren wieder abgefahren. Manches Mal sah er die Hauptstraße hinauf und hinab. Meisten jedoch war sein Blick auf die gegenüberliegende Seite gerichtet. Mit den Gedanken an die Gäste, die gekommen und gegangen waren, musste er schmunzeln bei einer Episode, die ihm in den Sinn kam.

Schwer schnaufend hievte sich ein Herr, Generaldirektor einer bekannten Firma im Ruhrgebiet, auf einen Barhocker. Herr Albrecht war regelmäßig Gast im Hotel. Und genauso regelmäßig war er in Begleitung einer jungen Dame. Allerdings wechselte die Begleiterin stets nach einigen Monaten. Fred, der Barkeeper, kannte die Situation.

»Das ist schon ein Kreuz mit den Weibern, vor allem mit den jungen.«

»Sie machen mir aber heute einen unglücklichen Eindruck, Herr Albrecht. «

»Ja, es läuft gerade nicht so, wie's laufen soll.«

»Was ist denn das Problem, wenn die Frage erlaubt ist?«, Fred beugte sich vor.

»Na ja, meine Iris, die ich jetzt schon fünf Monate habe, wird immer eigenwilliger und aufsässiger. Jetzt sind wir extra wegen einem Musical nach München gekommen.«

»Ich verstehe nicht, was ist an einem Musical so schlimm, die Musik, der Gesang?«

»Nein, die Iris hat sich dieses Musical eingebildet und das kollidiert mit einem wichtigen Geschäftstermin, den ich vereinbart habe. Und ich kann beides nicht unter einen Hut bringen. Ihr einfach klar zu machen, dass das Geschäftliche Vorrang haben muss.«

»Ihr den Laufpass zu geben, wäre wohl zu krass, das bringen Sie nicht übers Herz?«, bemerkte Fred.

»Es ist weniger das Herz, als dass sie mit meiner Frau weitläufig verwandt ist. Sie ist doch glatt im Stande und hängt die ganze Geschichte an die große Glocke. Das wäre für mich ein großer Schaden, ein Imageschaden, wenn nicht mehr. Daher fange ich nie mehr etwas mit einer Frau an, die auch meine Gattin gut kennt oder sogar mit ihr verwandt ist.«

»Was ist, wenn der Herr Albrecht Magen-Darm-Probleme bekäme?«

»Ich verstehe nicht, was Sie damit meinen.«

»Nur mal angenommen, nur vorgetäuscht.«

»Ich kann doch die Iris nicht allein ins Theater schicken und der Platz neben ihr bliebe leer.«

»Ich denke, dafür lässt sich eine Lösung finden.«

»Das Theater ist ja nicht das eigentliche Problem, eigentlich bin ich auf eine andere umgeschwenkt, die Ines-Maria, eine feurige Spanierin, auch wenn sie im Ruhrgebiet geboren ist.«

»Und jetzt wollen Sie die Iris, die oben im Zimmer wartet, loswerden, nicht wahr«, stellte Fred direkt fest.

»Ja, aber das ist nicht so einfach. Ich traue ihr wirklich zu, dass sie sich an meine Frau wendet, es ist ja ihre Cousine. Man müsste ihr den Mund stopfen. Es muss ihr klargemacht werden, dass sie letztlich Schuld hat, wenn es zu einer Trennung kommt.«

»Verzwickt. Aber für das Theater hab ich vielleicht eine Lösung. Wir schicken sie mit einem jungen Mann zu dieser Vorstellung.«

»Und wo nehmen wir den jetzt her?«

»Darum werde ich mich kümmern.«

Als der Kellner Luigi den Barbereich passierte, winkte ihn der Barkeeper heran.

»Hast du heute Abend frei oder Dienst, Luigi?«

»Heute habe ich frei«, strahlte der Kellner.

»Und hast du schon was vor?«

»Was soll ich denn vorhaben, ich muss morgen früh wieder hier anfangen.«

»Wie wäre es mit einem Theaterbesuch, ein Musical? Findet das dein Interesse?«

»Aber ich kann keine 80 Mark locker machen, die ich gar nicht habe.«

»Du brauchst auch kein Geld locker machen, der Herr Generaldirektor spendiert dir die Karte. Und du bekommst noch eine hübsche, junge Begleitung an deine Seite.«

»Was ist das für ein Angebot? Wo ist da der Haken, he?« Luigi reagierte misstrauisch.

»Gar kein Haken, der Herr Generaldirektor hat eine Terminkollision und du kannst ihm dabei helfen. So einfach ist das. Pass auf, du kommst um 19 Uhr hier her, und wir haben bis dahin alles so weit geklärt. Die junge Dame weiß noch nichts von ihrem Glück mit einem jungen Kavalier ins Theater zu gehen.«

»Wenn das alles gut geht. Meinetwegen.«

»Jetzt gehen Sie nach oben und machen Ihrer Iris klar, dass wenn Sie Ihr Angebot, das sie gar nicht ablehnen kann, nicht annimmt, ihr Musicalbesuch komplett ins Wasser fällt und sie sich im Hotelzimmer langweilen kann«, wies Fred den verdutzt schauenden Generaldirektor an.

Der nickte schließlich.

»Ich denke, das ist zu schaffen. Aber das löst noch nicht mein Grundproblem, sie gänzlich loszuwerden.«

»Na, ich werde nochmals mit Luigi reden. Vielleicht - oder ich denke, bestimmt, hat er auf mehr Lust als auf einen Musicalbesuch. Beide sind jung, was könnte da nicht alles passieren. Aber nur mit Ihrem ausdrücklichen Einverständnis, sonst muss sich Luigi bremsen. Sie ist ja schließlich immer noch die Ihre.«

»Eigentlich schon eine Weile nicht mehr.«

»Der letzte Schritt ist dann folgender: Sie müssen beide überraschen, am besten mit einem Zeugen. Ich organisiere ein Zimmermädchen dafür, die ist als neutral anzusehen.«

»Donnerwetter, Sie haben vielleicht Ideen. Aber Ihr Vorschlag klingt genial.«

Der Generaldirektor, noch immer etwas im Zweifel, entfernte sich.

Als der Kellner Luigi an der Bar vorbeikam und das Hotel, um zum Rauchen zu gehen, durch die Seitentüre verließ, winkte ihn der Barmann nochmals zu sich.

»Luigi, jetzt kommt es auf dich an. Du musst nicht nur im Theater nett zu ihr sein, du musst sie auch nachher rumkriegen. Hier im Hotel. Verstanden?«

»Ja, ich hab schon langsam verstanden. Aber Sie kennen die Vorschriften des Hotels. Nix mit Gästen!«

»Klar, aber es ist eine Ausnahme und der Generaldirektor ist ein langjähriger, großzügiger Gast. Das weiß auch die Hotelverwaltung. Ich regle das für dich.«

»Ok. Wie weit darf ich gehen?«

»Soweit du dich vorwagst. Es wird dann der Generaldirektor mit einer Zeugin auftauchen. Ich weiß nicht, wie weit du dann bist«, sagte Fred und lächelte, schon mit einem teuflischen Zug um die Lippen.

»Habe verstanden«, sagte Luigi.

Mit großer Beredsamkeit hatte der Generaldirektor seine Geliebte, die er jetzt gar nicht mehr so liebte, überzeugt, entweder mit einem jungen Mann als Begleiter das Musical zu besuchen, oder das Ganze ins Wasser fallen zu lassen. Luigi machte einen sehr guten Eindruck, wie er gekleidet war und auch sein Benehmen stimmte, als er die junge Dame fürs Theater abholte.

Der Theaterbesuch lief ohne besondere Vorkommnisse ab. Gegen 23 Uhr kamen die beiden durch die Seitentür ins Hotel zurück, so dass sie die Bar zwangsläufig passieren mussten.
Ein Pärchen, wie man es oft in Filmen gezeigt bekam, so dass keiner auf die Idee gekommen wäre, dass sie sich erst vor vier Stunden zum ersten Mal gesehen hatten.
Luigi war so zuvorkommend, dass er ihr noch einen Drink an der Bar anbot. Sie stimmte zu und beide flüsterten, kicherten und lehnten die Köpfe dicht aneinander - ein Liebespaar.

Beide tranken noch ein Glas „Kir Imperial". Luigi mit der Himbeer-Variante ohne Wodka und Iris bevorzugte ihren „Kir" mit Crème de Chassis und mit Wodka. Luigi wies Fred noch darauf hin, dass es reicht, wenn er die Drinks statt mit Champagner nur mit Sekt auffüllt. Die Variante für Iris musste er erst noch in einem Shaker schütteln.

Die gut gelaunten Gäste schlürften ihr Getränk. Luigi drängte auf den Aufbruch. Iris wäre gerne noch auf einen weiteren Drink geblieben.

Luigi zeigte beim Verlassen der Bar noch eine wie zufällige Geste in Richtung des Barmanns - seinen nach oben gereckten Daumen.

Wie auf die Sekunde verabredet, tauchte der Generaldirektor bei Fred an der Bar auf.

»Wieviel Zeit sollen wir ihnen geben?«

»Ich schätze, wie die sich benommen haben, reichen fünf, zehn Minuten«, sagte Fred.

»Wo ist das Mädchen«, fragte der Generaldirektor nervös und drehte sich nach links und nach rechts.

Fred griff zum Telefon und wählte eine Nummer.

Er sagte in den Hörer noch: »Gut, bis gleich.«

Wenige Minuten später erschien das Mädchen. Nicht hübsch, mittleren Alters. Sie war noch für ihren Arbeitstag gekleidet.

»Kann's losgehen?«, fragte sie unsicher.

Sie schien durch den Barmann über die bevorstehende Aktion bestens informiert worden zu sein.

»Warten wir noch zwei Minuten«, zögerte der Generaldirektor.

Durch die Halle begleitete das Mädchen den Mann zu den Aufzügen, immer einige Meter wie ein Fremdenführer voraus. Sie ließen zwei anderen Gästen den Vortritt und warteten auf den nächsten Lift, in dem sie allein hochfahren konnten. Langsam wurde der Generaldirektor unruhig und trat von einem Fuß auf den anderen. Jetzt stürmte er in den Aufzug, kaum dass die Türen breit genug für das Betreten aufgegangen waren. Gerade noch war das Mädchen mit in die Aufzugskabine geschlüpft, hatte der Mann schon den Knopf für das Stockwerk gedrückt.

Auf der Etage angekommen eilte er voraus und blieb dann abrupt vor der Türe stehen, um das Mädchen, das den Schlüssel schon in der Hand hielt, vorbeizulassen.

»Zimmerservice«, rief das Mädchen.

Sofort nachdem die Türe aufgesperrt war, drängte der Mann vorbei, stieß das Mädchen unsanft zur Seite und stand vor dem Doppelbett, in dem sich Iris und Luigi nackt daliegend gemütlich gemacht hatten.
Die Kleidungstücke des Mädchens lagen verstreut auf dem Boden. Luigi hatte seinen Anzug säuberlich über einen Stuhl gehängt und die Schuhe darunter gestellt.
Iris zog die Bettdecke vor ihre Brust und Luigi flüchtete, mit zwei Handgriffen seine Kleider an sich reißend, ins Badezimmer. Als das Geschrei im Zimmer verstummt war, und er sich wieder zurück traute, war das Zimmer leer. Bis auf Iris, die umgekehrt mit dem ihm zugewandten nackten Hintern in das Kopfkissen heulte. Luigi verließ umgehend das Zimmer und schloss die Türe lautlos.

»Und?«, fragte Fred in Richtung des Generaldirektors kaum wahrnehmbar zwischen den Zähnen, als dieser in die Bar zurückkehrte.
»Hat geklappt!«, erwiderte der Generaldirektor und setzte sich von den anderen Gästen am Tresen entfernt auf einen Hocker. Fred kam nahe zu ihm. Der Generaldirektor hielt seine Hand abschirmend neben seinen Kopf und sagte halblaut:
»Ich habe das Flittchen zur Sau gemacht. So dass es mir schon fast wieder leidgetan hat. Aber es musste sein. Morgen reisen wir ab. Aber jetzt brauche ich noch einen Drink.«
Er grinste zufrieden.
»Was darf ich Ihnen bringen?«
»Brandy, doppelter«, bestimmte der Generaldirektor.
Fred griff sich ein Flasche aus dem Glasregal und goss ein.
»Hier bitte. Auf Ihr Wohl!«
»Danke, Fred! Das werd' ich dir nicht vergessen.«

Als Fred wieder zum Generaldirektor kam, nach dem er neue Gäste bedient hatte, die sich vor ihm niedergelassen hatten, begann dieser wieder das Gespräch:

»In zwei Monaten bin ich wieder hier. Ich bin gespannt, was Sie zu meiner Ines-Maria sagen werden. Die wird mich dann begleiten. Dann beginnt eine neue Zeit. Aber jetzt muss ich noch an die Rezeption. Ich brauche ein Einzelzimmer für eine Nacht. Ich kann doch nicht mehr mit Iris in einem Zimmer schlafen.«

Auf halbem Weg zur Rezeption hielt er inne, kehrte an den Tresen zurück und winkte Fred heran.

»Fast hätte ich's vergessen«, sagte der Generaldirektor und zog ein Kuvert aus der Sakkotasche. Er legte es auf den Tresen und schob es zu Fred.

»Es ist für den jungen Kellner. Eine Entschädigung, da er den Abschluss seiner Aufgabe verpasst hat. Er ist ein guter Schauspieler, ein Talent - oder es war nur der natürliche Trieb. Is' ja egal.«

Der Generaldirektor kam nur noch ein einziges Mal ins Hotel. Natürlich begleitet von einer jungen südländisch aussehenden Dame, die er wie ein junger Liebhaber umschwärmte. Er wollte ihr demonstrieren, wie bekannt und wie geschätzt er im Hotel war. Er stellte sie sogar Fred vor.

Zwei Wochen später. Der Barmann holte sich einen kleinen Stapel von Tageszeitungen an der Rezeption für seine Bar ab, was er immer erledigte, wenn er Frühschicht hatte, fiel ihm auf dem Titelblatt der Frankfurter Allgemeinen eine Notiz auf, die ihn veranlasste die Zeitung durchzublättern. Auf der Seite der Todesanzeigen fand er die unübersehbare halbseitige Annonce, die er überflog und nur stückweise las:

**Walther Arnold, ..., Direktor der Arnold-Werke, ...,
hat uns viel zu früh verlassen.**

Es trauern:
Hildegard Arnold, Ehefrau
Iris Wengert, Cousine mit Werner und Philipp
im Namen aller Verwandten

Trauerfeier mit anschließender Urnenbeisetzung...

Fred ließ die Zeitung sinken und sagte vor sich hin:
»Der wird also nicht mehr kommen.«
»Wer kommt nicht mehr?«, fragte Luigi, der italienische Kellner, der hinzugetreten war, ohne dass Fred es bemerkt hatte.
»Der Generaldirektor hat uns verlassen, für immer. Da, lies selber«, sagte Fred in reichte ihm die Zeitung.
»Corpo di Bacco!«
»Was meintest du?«
»Ich will sagen: Donnerwetter, der war doch noch keine sechzig!«
»Es ist keine Frage des Alters, Luigi, es hat schon jüngere erwischt.«
»Come si fa a vivere, così si muore. Er hatte ein Stressleben, mit die Firma und mit die Fraue, poverino.«
»Er hat doch etwas von seinem Leben gehabt.«
»Ja, si, cambiamento, Abwechselung. Molto cambiamento e divertimento!«
»Lassen wir ihn ruhen in Frieden«, sagte Fred und stellte das Glas, das er eben poliert hatte, in das Regal.

24

Seine Stimme war nicht zu überhören, besonders dann wenn die Türe zur Küche noch nicht geschlossen wurde, da es noch früher Vormittag war. In der Küche wurde an den Vorbereitungen für den Mittagstisch gearbeitet. Die Salatbestandteile wurden gewaschen und in die gewünschte Form gebracht. Kartoffeln wurden geschält und in je nach Tagesvorgabe in die angegebene Größe geschnitten. Über alles wachte der Chefkoch, der seine nachrangigen Mitarbeiter, denn die waren für diese Arbeiten eingeteilt, genauestens kontrollierte. Dabei konnte er ausfallend werden, wenn seine Vorgaben nicht nach seinen Vorstellungen eingehalten wurden. Manchmal übertrug er diese Aufgabe seinem Sous-Chef.

Fleisch wurde pariert, Fische filetiert, Geflügel dressiert.

An diesen Posten verweilte er meistens länger. Er strich über die Filetstücke der Fische, spürte nach einer letzten Gräte und wechselte einige Worte mit dem Posten des Sauciers.

Zwischen seinen Runden in der Küche kam er oft zu Fred in die Bar, um sich, wie er sagte, eine neue Perspektive zu eröffnen.

Heute kam er nicht allein, er war in Begleitung von einem jüngeren Mann.

»Hallo Fred, darf ich dir Hermann Pfister vorstellen, er hat gestern hier angefangen. Er ist mein neuer Sous-Chef. Der wird mich unterstützen und die faule Bande da drinnen ein bisschen antreiben.«

Er deutete mit dem Daumen auf den Eingang zur Küche und lachte dabei zynisch.

Die Männer gaben sich die Hand.

Fred sagte: »Willkommen in der Bar des „Kaiserhofs". Wenn ich Ihnen einen Rat geben darf, kommen Sie einfach zu mir an die Bar, wenn Sie etwas auf dem Herzen haben. Ich kenne den Betrieb schon einige Zeit.«

»Gerne, Herr ...?«

»Sag einfach Fred zu ihm, alle sagen so. Denn seinen Namen kannst du weder aussprechen, noch ihn dir merken.«

»Wo ist sein Vorgänger?«, fragte Fred.

»Der hat sich mit dem Rôtisseur wegen der Zusammensetzung einer Soße angelegt, das ging so weit, dass einer dem Anderen Gegenstände nachwarf. Ich musste zwangsläufig beide entlassen, da der Sous-Chef sich bei der Direktion beschwert hatte, der dumme Kerl. Hätte er das nicht an die große Glocke gehängt, hätte ich beide glattgebügelt und die Sache wäre erledigt gewesen. So mussten halt Köpfe rollen.«

»Brauchst du jetzt noch einen Rôtisseur?«

»Nein, das macht der Hermann mit. So spart die Direktion eine Stelle. Schlau, was! Und ich muss sehen, dass der Laden trotzdem ohne Stocken läuft.«

»Du wirst das schon schaukeln, da bin ich mir sicher!«

»Nun, eigentlich bin ich gekommen, um dich um eine Flasche Portwein zu bitten. Irgendjemand hat sich an meine Vorräte gemacht und heimlich Portwein genuckelt. Es muss heute noch dringend ein Soßenansatz gemacht werden, und den Geschmack bringe ich nur mit einem guten Schuss Port hin.«

»Das lässt sich machen«, sagte Fred und griff ins Regal hinter sich.

»Ich danke dir, Fred. Wenn meine Lieferung in den nächsten Tagen kommt, erhältst du sie zurück. Oder besser gleich zwei!«

Der Chefkoch dankte Fred nochmals und eilte dann durch die sich hinter ihm nachschwingende Küchentür.

Der neue Sous-Chef blieb noch kurz bei Fred an der Bar stehen.

»Ist der Chef so ein wilder Hund, wie im Allgemeinen erzählt wird?«, fragte verschmitzt der Neue in der Küche.

»Vermutlich muss er so sein, sonst tanzen ihm die Mitarbeiter auf der Nase herum und er kann den Status von einem Michelin-Stern nicht halten, geschweige denn, erhöhen«, erklärte Fred.

»Na, ich werde mein Bestes geben. Die Stelle ist ja auch gut bezahlt, obwohl die Arbeitszeiten recht umfangreich angesetzt sind. Danke für Ihr Vertrauen, Fred. Ich muss wohl«, sagte der Sous-Chef und machte sich auf den Weg in die Küche.

Er kam mit einer schlanken, hochgewachsenen Dame in die Bar.

Fred schaute den kleinen Mann mit den schwarzen Haaren, der einen Kopf kleiner als seine Begleiterin war, an.

»Me gustaría tomar una bebida sin alcohol.«

Fred, der Barmann erahnte nach den Worten des Mannes „bebida sin alcohol", in welche Richtung das Getränk gedacht sein sollte: »Haben Sie einen besonderen Wunsch?«

»Sí. ¿Puedes prepararme un Santana?«

Fred dachte kurz nach.

Jetzt mischte sich die Frau ein: »Sie kennen den Drink Santana?«, sagte die Frau mit einem merkwürdig gefärbten Deutsch zu Fred.

»Ah. Ich weiß, das ist ein San Bitter mit Orangen- und Zitronensaft – und ohne Alkohol.«

»Ja, so ist es. Sie müssen entschuldigen, aber mein Mann spricht nur Spanisch. Er versteht aber Deutsch ein wenig. Wir sind auch nicht oft in Deutschland.«

»Sie kommen aus Spanien?«

»Nein, mein Mann ist aus Mexico. Wir sind heute erst angekommen. Wir arbeiten im Varieté. Mein Mann ist Zauberkünstler und ich unterstütze ihn dabei. Ich bin seine Assistentin.«

Der Mann schaute seine Frau fragend an. Sie reagierte und übersetze ins Spanische: »Dije que solo hablas español y que no estamos en Alemania a menudo.

Llegamos hoy Trabajamos en el show de variedades.

Dije que eres un mago y te apoyo.«

Bevor sich Fred an die Zubereitung des Santana machte fragte er die Frau: »Und was darf ich für Sie zusammenstellen?«

»Ich nehme einen Cuba libre.«

»Kommt sofort.«

Fred machte sich an die Arbeit. Er griff sich die Fruchtsäfte für den Santana und ein Fläschchen Cola aus dem Kühlschrank. Dann holte er vom Regal die Flasche mit dem weißen Rum. Er stellte die beiden Drinks fertig und schnitt jeweils eine Scheibe von der Orange und der Zitrone ab.

»Möchten Sie einen Trinkhalm?«, fragte er beim Servieren.

»No, Gracias«, war die Antwort.

Der Zauberer strahlte zufrieden, nachdem er den ersten Schluck genommen hatte: »Muy bien.«

Der Gast auf dem nächsten Barhocker hatte interessiert den ausländischen Gast beobachtet. Neugierig geworden sprach er ihn an:

»Sie können also zaubern. Können Sie mir etwas vorführen?«

Der Zauberer blickte verständnislos den Sprecher an.

Seine Frau erklärte ihm:

»¡Deberías mostrar un truco!«

Der Zauberer machte ein widerwilliges Gesicht.

In schnellem Sprechtempo überredete sie ihn, irgendwas kurz vorzuführen.

Nach einigem Zögern nahm der Zauberer einen Stapel Karten aus seiner Sakkotasche. Er mischte den Stapel mit großer Geschwindigkeit durch und reichte ihn dem Sitznachbar.

»¡Tú también mezclas!«

Der Gast begriff und nahm den Stapel an sich und mischte. Umständlicher und langsamer als der Zauberprofi.

Der Zauberer nahm den Stapel wieder an sich und fächerte ihn auf der Thekenplatte zu einem Halbkreis auf.

»¡Toma una carta!«

Seine Frau ergänzte:

»Nehmen Sie eine Karte!«

Der Gast zog aus dem Halbkreis eine Karte heraus. Verdeckt legte sie der Zauberer zur Seite. Aus den verbliebenen Karten machte der Zauberer sechs Stapel.

Anschließend packt der Gast die gezogene Karte auf irgendeinen der Stapel und der Magier legt die anderen darauf.

Nachdem aus den vielen einzelnen Stapeln wieder ein ganzer geworden war, zeigte er auf die oberste Karte und sagtet:

»¡Esta no era la carta que dibujaste!«

Die Frau übersetzte sofort: »Dies war nicht die Karte, die Sie gezogen haben!«

Jetzt legte der Zauberer die Karten wieder in drei Stapel aufgedeckt auf die Platte der Bar und deutete auf die gesuchte Karte:

»Esa es la carta!«

Der Nachbar schaute verwundert und ungläubig.

Der Zauberer schob die Karten zusammen und steckte sie weg. Er nahm sein Glas in die Hand und nahm einen Schluck.

Nach einem weiteren Schluck stand er vom Barhocker auf und sagte zu seiner Frau:

»¡Vamos ahora!«

Fred hatte seine Arbeit mit Flaschen und Gläsern unterbrochen und war die ganze Zeit ein aufmerksamer Zuschauer.

Der Gast wandte sich nun an Fred: »Haben Sie das gesehen?«

»Hab' ich«, sagte Fred, »und ich vermute auch, wie der Trick geht. Nur ich kann leider nur darüber spekulieren«, und ein kurzes Lächeln flog über sein Gesicht. Er wandte sich vom Gast ab und begab sich an das andere Ende der Theke.

»Sie waren schon lange nicht mehr im „Kaiserhof", Herr Welke, nicht wahr?«

Fred begrüßte den langjährigen Gast.

»Ach, ich war schon des Öfteren in der Stadt, aber den „Kaiserhof", kann ich mir gegenwärtig nicht mehr leisten. Aber in die Bar und zu Ihnen möchte ich heute nochmals hereinschauen.«

»Was darf ich Ihnen denn bringen?«

»Ach, einen Kognak bitte, aber einen mit Format.«

»Selbstverständlich, Herr Welke.«

Der Barkeeper griff hinter sich in das verspiegelte Regal, nimmt eine Flasche heraus, hält sie in Richtung des Gastes und wartet bis dieser zustimmend nickt. Er gießt ein Glas voll, mehr als er sonst ausgießt.

»Zum Wohl«, er stellt das Glas vor den Gast, der einen abwesenden Blick auf die Regalwand richtet. Dann registriert er das Glas vor ihm. Er nimmt das Glas in die Hand, dreht es hin und her und hält es an seine Nase.

»Hier bei Ihnen bekomme ich immer das Beste.«

»Was treiben Sie denn so, dass Sie vom Besuch im „Kaiserhof" abgehalten werden.«

»Ich moderiere eine kleine Show und da darf ich einige meiner berühmten Arien einflechten.«

»Ich habe davon noch nichts gehört.«

»Können Sie auch nicht, es wurde nicht viel Reklame dafür gemacht und es findet auch draußen in der Vorstadt im Saal einer alten Gaststätte statt.«

»Und was wird da dargeboten?«

»Nur eine kleine Show mit ein paar Tänzerinnen, einem Witzeerzähler und mir. Ich mache die Conference. Um es deutlicher zu sagen, Ihnen kann ich das auch anvertrauen, es ist eine billige Werbeveranstaltung, eher eine Verkaufsveranstaltung.«

»Ja, aber Sie haben doch früher an den großen Bühnen gesungen.«

»Ja, früher. Heute leider nicht mehr.«

»Das tut mir leid.«

»Das muss Ihnen nicht leidtun, das ist der Lauf der Welt und irgendwann ist es dann ganz vorbei.«

»Das sollten Sie nicht sagen. Bei Ihrer großen Stimme.«

»Ja, auch eine Stimme verklingt einmal.«

»Entschuldigen Sie, der Gast am anderen Ende braucht meinen Service.«

Der Barkeeper eilt an das andere Ende der Theke und bedient dort. Währenddessen hat der alte Tenor begonnen ein Lied zu summen. Ab der Mitte des Liedes verfällt er in einen Gesang, der sich langsam steigert. Die Menschen, die in der Bar an den Tischen sitzen, drehen sich schon in die Richtung des Sängers. Sie tuscheln und schmunzeln amüsiert. Der Barkeeper kehrt wieder zu seinem ehemaligen Stammgast zurück und flüstert ihm zu:»Lauter dürfen Sie auf keinen Fall werden. Ich bitte Sie.«

Er bemerkte, dass das Kognakglas halbleer war und goss schnell noch das Glas voll.

Der Gast nimmt zuerst einen winzigen Schluck und kippt dann das Getränk in einem Zug in sich hinein. Er entnimmt aus seiner Geldbörse einen Schein, der für drei Gläser Kognak gereicht hätte und schiebt ihn über den Tresen.

»Ist schon recht so, es war vielleicht ohnehin das letzte Mal, dass ich hier war. Gute Nacht.«

Der Barkeeper wollte noch protestieren, und ihm sagen, dass das zweite Glas gratis war, aber da war der Sänger schon von seinem Hocker gerutscht und steuerte auf die Ausgangstüre zu.

»Merkwürdig, wie er sich heute verhielt«, sagte der Barkeeper halblaut zu sich selbst.

Die Gäste in der Bar wandten sich wieder ihren nur kurz unterbrochenen Tischgesprächen zu. Neue Gäste waren in die Bar gekommen und wollten bedient werden. Der Barkeeper räumte noch das Glas des verschwundenen Gastes zur Seite und wischte den Tresen routinemäßig mit seinem Tuch ab.

Am nächsten Tag, Fred hatte gerade seinen Dienst begonnen, da betraten zwei Männer die Bar und Fred wusste sofort aus alter Erfahrung: Polizei.

»Mein Name ist Wachter, Hauptkommissar Wachter und das ist mein Kollege Hauptkommissar Drechsler.«

»Grüß Gott, die Herren.«

»Nach Auskunft von Personen, die wir befragt haben, müsste ein Herr Welke gestern Abend hier gewesen sein.«

»Ja, sicher.«

»Wie gut kennen Sie Herrn Welke?«

»Wenn Sie den berühmten Tenor Welke meinen, dann muss ich zweimal ja sagen. Ich kenne ihn, schon lange und er war gestern hier. Was ist mit ihm?«

»Wann war er hier?«

»So von 20.30 Uhr bis 22.00 Uhr. Nicht allzu lange.«

»Ist Ihnen an Herrn Welke etwas aufgefallen, war er irgendwie anders. Sie haben ihn ja des Öfteren gesehen.«

»Na ja, er machte einen deprimierten Eindruck und er erzählte von seiner augenblicklichen Tätigkeit, seinem Engagement.«

»Was erzählte er denn?«

Der Barmann zählte die Punkte auf, die ihm noch im Gedächtnis waren. Werbe- und Verkaufsveranstaltung, einfache Auftritte, letztlich ein unbefriedigendes Engagement für einen ehemals berühmten Künstler.

»Was hat er bei Ihnen getrunken?«

»Eineinhalb Gläser Kognak, um es genau zu sagen.«

»Wir haben in seiner Jackentasche einen Rechnungsbeleg von der Bar in diesem Hotel gefunden. Doch das allein kann's nicht gewesen sein«, sagte der Polizist zu seinem Kollegen.

»Er muss später noch mehr getrunken haben«, sagte der andere Beamte.

»Nun sagen Sie schon, was ist eigentlich passiert?«

»Herr Welke wohnte mit den anderen Mitgliedern einer, wie soll ich sagen, Verkaufstruppe, in einer armseligen Pension in der Vorstadt. Dort ist er in der späten Nacht aus dem Fenster im dritten Stock gestürzt, gefallen, gesprungen, wie man will. Jedenfalls haben wir die Umstände des Todes von Herrn Welke zu untersuchen.«

»Das ist ja schrecklich, wo er doch gestern noch lebendig hier bei mir war. Aber mir fällt da noch ein, er hat hier an der Bar noch ein Lied gesummt und auch gesungen.«

»Was war das für ein Lied?«

»Ich kann es Ihnen nicht sagen, ich glaube es war ein italienisches Lied, ein Lied für hohe Stimmen, etwas für einen Tenor. Und er war ja ein Tenor.«

»Ich denke Ihre Angaben genügen vorerst«, meinte der Beamte.

»Wenn wir noch Nachfragen haben, melden wir uns wieder«, der Beamte wandte sich zum Gehen.

»Ist gut. Sie wissen ja, wo Sie mich finden«, sagte Fred und hob nur sich verabschiedend die Hand.

Zu Dienstbeginn an einem Sonntagabend fand Fred eine Notiz des Hotelmanagers vor, in der war zu lesen: „Werter Fred, leider vergaß ich, dir gestern mittzuteilen, dass du ab Montag einen Auszubildenden zu betreuen hast. Sein Name ist Patrick Lenz. Er wird im Rahmen seiner Ausbildung vier Wochen bei dir sein. Ich vertraue auf deine gute Betreuung.

Gruß

Winfried K."

Am Montag kam der junge Auszubildende in die Bar und stellte sich vor. Er war sorgfältig gekämmt und gekleidet.

»Mein Name ist Patrick Lenz, und soll mich hier melden.«

»Ich bin Fred, alle nennen mich nur Fred. Auch Sie können Fred sagen.«

»Danke. Dann nennen Sie mich bitte Patrick.«

»Ok, Patrick. Wie lange sind Sie denn in unserem Haus?«

»Ich bin schon ein Jahr hier und war schon auf verschiedenen Posten und auch die Tätigkeit in einer Bar gehört zu meinem Ausbildungsplan als Hotelfachkraft.«

»Gut. Dann beginnen wir heute einfach mit dem Grundsätzlichen.«

Fred zeigte dem jungen Mann alle Details der Einrichtung, von dem Eisbereiter bis zur Spülmaschine.

»Ich spüle meine Gläser lieber hier, als sie in die Küche zu geben, da kommen einige nicht wieder oder angeschlagen zurück. Das kann ich nicht brauchen.«

Dann erklärte er das Wichtigste: Der Bestand an den unterschiedlichsten Getränken, die in einer Bar vorrätig sein müssen und Verwendung finden, von den hochprozentigen Spirituosen über die Liköre bis hin zu den Fruchtsäften.

»Das Spirituosenlager zeige ich Ihnen später.«

»Einige Fruchtsäfte machen wir selbst, zum Beispiel den Orangensaft und den Zitronensaft.«

Ausführlich benannte Fred die unterschiedlichen Gläser, die den jeweiligen Cocktails und Longdrinks zugeordnet sind.

»Nun zu unserem eigentlichen Handwerkzeug, dem Schüttelbecher, hier immer Shaker genannt, das Barsieb, mit dem man das Eis und die Fruchtfasern ausfiltert. Unterhalb der Theke stehen kleinere Fläschchen mit Bitter, Zuckerdose und Zuckerspender.«

»Gut, ich habe verstanden.«

»Von den Drinks sollten Sie möglichst die Wichtigsten und Gängigsten auswendig lernen und zwar die Bestandteile und deren Mischungsverhältnisse, die Reihenfolge der Zubereitung, die Dekorelemente und die Wahl des Glases.«

»Was mache ich, wenn ich ein Rezept nicht kenne?«

»Ein Tipp von mir: Frage den Gast, ob es das klassische Rezept sein soll oder die Abwandlung nach Art des Hauses. Dann blättern Sie im Rezeptbuch und sagen, Sie wollen noch einmal die Versionen vergleichen.«

»Sind alle Zutaten auch für die ausgefallenen Drinks vorhanden?«

»Kann sein, muss nicht sein. Aber keine Sorge, nach einer Woche kennen Sie mehr Drinks als der durchschnittliche Besucher. Na, dann legen wir einmal los, machen Sie mir einen Manhattan.«

Der Azubi kannte die Rezeptur schon und holte eine Flasche amerikanischem Whiskey und eine Flasche roten, süßen Wermut aus dem Regal.

Er rührte vier Teile Whiskey und zwei Teile Martini und zwei Spritzer Angosturabitter sowie einige Eiswürfel zusammen. Dann seihte er die Mischung durch ein Barsieb in eine Cocktailschale und dekorierte sie mit einer roten, auf einen kleinen Stick gespießten Cocktailkirsche.

»Nicht schlecht, für den Anfang. Allerdings«, sagte Fred, »haben Sie noch einen Fehler gemacht. Sie hätten fragen müssen, ob der Drink „dry“, „perfect“ oder „sweet“ sein sollte.«

»Ah, wirklich?«

»Also, die trockene Version ist mit nur trockenem französischen Vermouth, „perfect“ ist halb und halb und „sweet“ ist nur mit süßem rotem, meist italienischem Vermouth. Und noch etwas: Das Glas sollte vorgekühlt sein.«

»Puh, soviel Schwierigkeit für ein paar kleine Schlückchen.«

»Ja, mancher Kenner besteht auf einer exakten Ausführung. Aber Sie haben die Möglichkeit, ihn durch Ihr Wissen zu beeindrucken.«

»Ich bin schon gespannt, welche neuen Cocktails ich schon bald zubereiten kann.«

»Das werden Sie sicher.«

Seit geraumer Zeit bietet das Hotel Tanznachmittage für Gäste fortgeschrittenen Alters an Sonntagen an. Willi Täubner, ein gut aussehender Mann, Anfang fünfzig, kam regelmäßig zu dieser Veranstaltung. Er machte einen gut situierten Eindruck und kam aufgrund dieser regelmäßigen Besuche mit Fred in privater werdende Gespräche. In den Tanzpausen kam er an die Bar, um je nach Stimmung und Erfolg bei den Tanzpartnerinnen allein oder zu zweit einen Drink zu bestellen. Fred konnte beobachten, wie unterschiedlich die verschiedenen Frauen waren. Willi überließ ihnen jedoch nur ungern die Auswahl des Getränks. Er war da ziemlich bestimmend. Fred wusste schon, dass die Wahl des Getränks die Stimmung Willis verriet. Kam er mit einer Tanzpartnerin, die neu in der Tanzrunde war, gab er schon Mal ein Glas Champagner aus. Bei Partnerinnen, die selbst regelmäßig am Sonntag ins Hotel kamen, war seine Spendierlust geringer und es gab ein Glas Sekt. Sollte sich etwas zwischen Willi und einer Tänzerinnen anbahnen, so wie es sich Willi erhoffte, gab er bei Fred einen teureren Longdrink in Auftrag.

Kam er allein an die Bar war seine Stimmung meistens im Keller. Und er beklagte sich bei Fred, dass mitunter eine Dame mit ihrer Freundin gekommen war und sie auch gemeinsam wieder abzogen. Die wollten tatsächlich nur tanzen. An so einem Nachmittag bestellte Willi Kognak oder Whiskey. Davon trank er meistens drei Gläser.

Hatte Willi über mehrere Sonntage keinen Erfolg bei den Damen, trank er nur einen Martini, um anschließend zu den Damen an der Straße zu gehen.

An diesem Sonntag kam Willi ziemlich frustriert an die Bar. Aber sein missmutiges Gesicht verzog sich zu einem krampfhaft freundlichen Lächeln, als er dort einen alten Bekannten antraf.

»Ja, der Wallner Franz. Bist du auch zum Tanzen gekommen?«

»Nein, ich bin hier in der Stadt, weil an diesem Wochenende eine Pferdemesse stattfindet.«

»Und was zieht dich zu einer Pferdemesse?«

»Ich verkaufe Zubehör für den Pferdesport. Und da kann ich mit einem Schlag Kontakte knüpfen und Verkäufe tätigen.«

»Und wo lebst jetzt, seit du aus Hügling weg bist?«

»Gar nicht so weit weg, in Ingolstadt.«

»Ich hoffe, es geht dir gut.«

»Und ich hoffe, es geht dir besser.«

Willi war jetzt kurz angebunden.

»Ich muss wieder zurück zu meiner Tanzpartnerin, die kann ich nicht so lange allein lassen, auch wenn heute nicht allzu viel laufen wird.«

Er trank noch ein Glas Kognak und machte sich auf in Richtung Tanzsaal.

Der an der Bar verbliebene Franz Wallner orderte bei Fred noch einen Drink

»Sie kennen sich schon lange«, stellte Fred leutselig fest, obwohl sich nach dem Gespräch, das Fred am Rande mitbekommen hatte, die Feststellung eigentlich erübrigt hätte. Franz Wallner langweilte sich allein an der Bar, daher begann er ein Gespräch mit Fred, obwohl er wusste, dass so ein Gespräch nur ein belangloser small talk für den Barmann war.

»Ja, seit ewigen Zeiten, jedenfalls schon aus der Jugendzeit. Der Willi Täubner stammt aus Hügling. Seine Eltern hatten einen großen Bauernhof. Es war ein großes Anwesen, denn früher hatten sie viele Mitarbeiter, Mägde und Knechte. Das Anwesen kannte jeder in der Gegend. «

»Aber da arbeitet Herr Täubner heute nicht mehr«, schloss Fred.

»Natürlich nicht. Nach dem Tod seiner Eltern hat er die Hälfte des Hofes geerbt, seine Schwester die andere. Er hat sich auszahlen lassen, ihm war das Geld lieber. Seine Schwester hat sich damit anfangs schwer getan.«

»Was hat er mit dem Geld gemacht?«

»Er hat am Ortsrand ein Haus gebaut und geheiratet.«

»Die Schwester hat wohl die Landwirtschaft weitergeführt?«

»Ja, die war schlau. Sie hat dazu einen reichen Landwirt geheiratet. Dann fiel ihr die Geldzahlung an ihren Bruder leichter.«

»Und wie ging's mit Willi weiter?«

»Anfangs ganz gut. Er hat viele Geschäfte gemacht. Pferdefutter produziert und sogar importiert aus Übersee, Kanada, USA.«

»Dann ist er ja fein heraus.«

»War. Bis die Pechsträhne einsetzte.«

»Was ist passiert?«

»Er hat viel Geld auf der Pferderennbahn gelassen. Verzockt! Einfach verzockt!«

»Ja, das kann einen schon in den Ruin treiben.«

»Ja, so ist es dann auch gekommen. Geld weg, Haus weg, Frau weg.«

»Und jetzt «

»Er bewohnt noch ein Zimmer auf dem Hof bei seiner Schwester, die wohl ihren kleinen Bruder nicht ganz abstürzen lassen möchte. Er ist halt ihr Bruder.«

Fred musste das Gespräch abbrechen, denn andere Gäste warteten schon auf seinen Service.

Eines Nachmittags, der Barkeeper hatte gerade seinen Dienst begonnen, kam der Hotelmanager in die Bar.

»Schönen Nachmittag, Fred. Bei meinen letzten Berechnungen musste ich feststellen, dass der Umsatz in der Bar rückläufig ist. Woran liegt das?«

»Ich weiß, die Besuche waren nicht so toll in letzter Zeit.«

»Ich habe mir überlegt, wie man wieder etwas Schwung hinein bringen könnte. Wir machen eine Sonderwoche, eine Cocktail-Woche. Es können auch drei Wochen sein. Alle Getränke, die wir auf eine Extra-Karte setzen, sind zum Preis von sieben Euro erhältlich. Wir nennen die Karte „Winterliche Cocktails". Ich werde am Ende der Aktion ein Resümee ziehen und bei positivem Ausgang können wir dann dasselbe im Sommer wiederholen mit der Überschrift „Sommerliche Cocktails".«

»Gut, ich stelle eine Liste mit den bekanntesten Cocktails und Longdrinks zusammen und wir platzieren zwei hier an der Theke und jeweils eines auf den Tischchen hier in der Bar.«
»OK. Ich hole mir die Liste in den nächsten Tagen bei Ihnen ab, lasse sie abtippen und laminieren.«

Fred machte sich an die Arbeit. Er blätterte in seinem berühmten Mixbuch und in seinen privaten Aufzeichnungen und Rezepten. Er schrieb die wichtigsten Positionen auf die geforderte Liste. Zu jedem Getränk fügte er einen kurzen, erklärenden Text hinzu:

Der **Manhattan** ist ein klassischer Cocktail aus amerikanischem Whiskey und rotem süßen Wermut und gehört als kleiner, aromatischer und stark alkoholischer Shortdrink zur Gruppe der Aperitifs oder Before-Dinner-Cocktails. Je nach verwendetem Wermut nennt man den Manhattan dry (nur trockener französischer Vermouth), perfect (halb und halb) oder sweet (nur süßer, roter, meist italienischer Vermouth).

Der **Tequila Sunrise** (Sonnenaufgang) ist ein fruchtiger, süßer Cocktail aus Tequila, Orangensaft und Grenadine. Er verdankt seinen Namen der charakteristischen Farbabstufung von Gelb-Orange (oben) über Orange bis Orangerot (unten), da die Grenadine erst zum Schluss in das Glas gegeben wird und durch die Eiswürfel nach unten sinkt. Das Getränk gehört zu den Longdrinks und wird in einem Highball Glas auf Eis zubereitet und serviert.

Der Cuba Libre (spanisch für „Freies Kuba") ist ein Longdrink mit Rum und Cola, der um 1900 nach Ende des Spanisch-Amerikanischen Krieges in Kuba entstand.

Wie bei nahezu jedem Cocktail gibt es auch beim Cuba Libre viele verschiedene und anerkannte Varianten, die sich nach Art des Rums und der Marke der Cola unterscheiden.

Die White Lady ist ein klassischer Cocktail, der zur Gruppe der Sours gehört und aus Gin, Cointreau und Zitronensaft zubereitet wird. In vielen Rezepten findet sich zudem noch die Ergänzung mit Eiweiß, gelegentlich wird der Cointreau durch einen anderen Triple Sec ersetzt. Die Zutaten werden geschüttelt und dann in ein Cocktailglas abgeseiht.

Der Bellini ist ein Cocktail, der aus Prosecco, trockenem Sekt oder Champagner, einem halben pürierten weißen Pfirsich und nach Geschmack etwas Zuckersirup besteht.

Der Americano ist ein klassischer Aperitif-Cocktail. Zubereitet wird er aus Campari und Vermouth rosso. Als Garnierung werden Orange und Zitrone verwendet. Die Spirits werden im Tumbler auf Eis gerührt, nach Belieben mit einem Spritzer Soda aufgefüllt und garniert.

Der Side Car ist ein klassischer Cocktail aus Weinbrand, Cointreau und Zitronensaft, den David A. Embury in seinem Standardwerk The Fine Art of Mixing Drinks (1948) zu seinen sechs Grundcocktails zählt. Er gilt als Abwandlung der Brandy Daisy aus Weinbrand, Chartreuse und Zitronensaft und wurde, da die ersten schriftlich fixierten Rezepte aus den frühen 1920ern stammen, vermutlich in der Zeit des Ersten Weltkriegs erfunden.

Der Vesper, oft auch The Vesper, ist ein Cocktail aus Gin, Wodka, und Kina Lillet. Es handelt sich um eine Variante des Martinis und schmeckt aufgrund des Kina Lillet leicht bitter.

Der Rusty Nail (engl. für rostiger Nagel) ist ein alkoholhaltiger Cocktail aus Scotch (schottischem Whisky) und Drambuie, einem Likör auf Whisky-Basis mit Honig und Kräutern. Er gehört zu den Shortdrinks. Whisky und Drambuie werden dabei, meist im Verhältnis 2:1, in einen kleinen Tumbler gegeben und mit einigen Eiswürfeln kalt gerührt und on the Rocks serviert. Als Garnierung kann ein Twist aus Zitronenschale verwendet werden.

»Ich glaube, wir haben einen kleinen Überblick für Anfänger und Möchte-gern-Erfahrene zusammengestellt«, sagte Fred und war mit seiner Arbeit zufrieden.

Die überwiegende Zahl der Gäste achtete jedoch mehr auf den reduzierten Preis als auf die Besonderheiten der angebotenen Cocktails.

Der große, schlanke Mann betrat aus der Halle des Hotels kommend die Bar. Der Anzug, den er trug glänzte in einem Schwarz mit silberglänzenden Reflexen. Er war altmodisch eng geschnitten, an den Schultern fast ein wenig zu schmal für die hoch gewachsene Person. Als er an der Bar-Theke stand, nahm Fred den etwas zu starken Duft eines Parfüms wahr, dass er eigentlich nur von den Amerikanern her kannte.

Der neue Gast sprach den Barmann an: »I'd like to drink a glass of Whiskey, Bourbon.«

Für Fred war sofort klar: es ist ein Amerikaner. Er fühlte sich in seiner ersten Einschätzung bestätigt.

Ohne lang die Flaschen im Regal im Hintergrund abzusuchen, griff er in einer kurzen Drehung wie schlafwandlerisch hinter sich und griff eine Flasche, die er dem Gast zeigte.

»Right?«

Der Amerikaner nickte.

Fred goss einen Tumbler ein.

»Ice, sir?«

»Yes, but only one cube, please.«

Fred griff mit einer Zange in den Eisbehälter und ließ den Eiswürfel in das Glas fallen.

»Cheers«, sagte er und schob das Glas in die Nähe des Kunden. Dann wandte er sich den anderen Gästen zu, die sich an der Theke befanden.

Der Gast hatte seinen Drink rasch geleert. Er kramte in seinen Sakkotaschen und legte einige Euromünzen auf den Tresen.

»It won't be enough, I think?«

Er wartete die Reaktion von Fred erst gar nicht ab und zog aus der anderen Sakkotasche eine Rolle mit Geldscheinen hervor, die von einem Ringgummi zusammengehalten wurde. Aus der Rolle, die vermutlich einige Hundert Dollar enthielt, zupfte er eine 20-Dollar-Note.

»I think, that's enough now.«

»Yes, but I cannot accept this bill«, Fred freute sich über sein Englisch, das er hier einmal anwenden konnte.

»I'm sorry. I spent all my European money this afternoon.«

»Wait a minute, just a moment«, sagte Fred und winkte einen Kellner heran, der gerade einer Dreiergruppe von Gästen einige Snacks an das kleine Tischchen im Barraum gebracht hatte.

Er schob die US-Note dem Kellner zu und sagte:

»Schau einmal, ob sich die an der Rezeption wechseln lässt. Sag dem Dischinger, sie kommt von mir.«

Der Kellner nahm den Geldschein an sich und verließ den Barbereich.

»I want to wash my hands, I'll be back in a minute.«

Er legte sein Handy auf die Theke und nahm noch den letzten Schluck von seinem Bourbon.

Bis der beauftragte Kellner zurückkam, hatte Fred noch andere Gäste zu bedienen. Es vergingen einige Minuten und sowohl der Kellner wie der Gast ließen auf sich warten.

Als erstes kehrte der Kellner zu Fred zurück. Er zeigte einen veränderten Gesichtsausdruck. Er sah sich die Gäste an der Theke an. Er suchte das Gesicht des Amerikaners. Dieser war noch nicht von der Toilette zurück. Er sagte zu Fred in einem leisen Ton: »Mit dem Schein ist etwas nicht in Ordnung, sagt Dischinger. Er ist überzeugt, dass es Falschgeld ist. Er hat die Kripo verständigt.«

Es vergingen weitere Minuten und an Stelle des Amerikaners betraten zwei Männer die Hotelhalle. Nach einem kurzen Wortwechsel kamen sie raschen Schrittes in die Bar. Fred war sofort klar: Polizei. Einer blieb am Durchgang zur Halle stehen. Der andere ging auf Fred zu und sagte nur: »Wo?«

»Er wollte zur Toilette. Hier steht noch sein Glas und daneben liegt sein Handy.«

Der Beamte nahm das mobile Telefon auf. Er schaute irritiert auf das merkwürdig leichte Ding und klappte die Hülle zurück. »Leer. Das ist nur die leere Hülle. Den sehen wir hier nicht wieder. Pech! Aber wir sehen doch noch draußen nach, obwohl wir uns da keine großen Hoffnungen machen brauchen.«

Während der Kollege den Barbereich verließ, nahm der andere eine Plastiktüte und steckte die US-Banknote, die Handy-Hülle und das Glas hinein.

»Ich muss die drei Dinge mitnehmen. Brauchen Sie für das Glas eine Quittung?«

»Nein bloß nicht. Ich schenke Ihnen das Glas. Sie brauchen es nicht mehr zurückbringen. Und warten Sie....«

Er nahm ein sauberes hohes Longdrink-Glas und umschloss es mit der ganzen Hand, sodass sich alle Finger darauf abdrückten.

»Sie haben jetzt meine Fingerabdrücke auf beiden Gläsern, zum Vergleich. Vielleicht erspare ich mir einen Besuch auf dem Präsidium«, sagte Fed noch und schob das Glas über die Theke.

»Danke«, sagte der Polizist nur und nahm das Glas in seine Tüte.

»Guten Abend noch und viel Erfolg«, rief Fred dem Beamten nach, der sich schon zum Gehen gewandt hatte.

Er kehrte jedoch rasch um und sagte: »Fast hätte ich etwas vergessen. Hatten Sie irgendwelchen Schaden?«

»Nein, die 4 cl Whiskey gehen aufs Haus. Die waren mir das Erlebnis wert«, lachte Fred und eilte zu einem Gast am anderen Ende der Theke, der schon ungeduldig winkte.

Für das letzte Herbstwochenende hatte der Hotelmanager Verstärkung für die Bar zugesagt, denn es stand ein Treffen alter Schulkameraden an und die Erfahrungen aus den letzten Veranstaltungen besonders dieser Gruppe hatten gezeigt, dass gerade Bargetränke hoch im Kurs standen. Die auswärtigen Gäste wollten wie immer alle im Hotel übernachten, die ortsansässigen Teilnehmer würden mit dem Taxi nach Hause fahren. Der Hinweis des Hotelmanagers gab Fred an seinen Wechselpartner in der Bar weiter, damit er sich auf eine Sonderschicht einrichten konnte.

Für den fraglichen Samstagabend war dann soweit alles vorbereitet. Die gesellige Runde traf sich zum Nachmittagskaffee. Hier merkte man sofort, dass nicht alle so große Freunde des nachmittäglichen Kaffeetrinkens waren. Mancher brauchte schon ein ergänzendes, hartes Getränk zusätzlich.

Zum Abendessen wurde entweder Bier oder auch Wein getrunken, aber das war für die beiden Kellner, die eingesetzt wurden, eine Routineangelegenheit. Was dann nach dem Nachtisch folgte, war die Arbeit für Fred und seinen Kollegen. Die ersten, die in die Bar kamen, hatten auf das süße Dessert verzichtet und brauchten gleich einen Digestif, etwas, was den

Magen aufräumt, wie sie betonten. Fred bemerkte schon die Gruppenbildungen von Gleichgesinnten oder Artverwandten. Die Lieblingsschüler oder die sich dafür heute wie damals zur Schulzeit gehalten hatten, versammelten sich um den alten Lehrer und versuchten Erinnerungen hervorzulocken, die von der Wirklichkeit, weil schon einige Jahre vergangen, entfernt waren. Jedenfalls tat sich der Lehrer schwer, sich an bestimmte, für manchen Schüler wichtige Begebenheit zu erinnern. »Wissen Sie noch, damals auf unserer Abschlussfahrt nach London, wie sich der Elsheimer Max verlaufen hat?«

Die Einschleimer, die ihr verkorkstes Leben schön gezeichnet dem Lehrer gegenüber darstellen wollten, ernteten nur ein mildes Lächeln des alten Pädagogen, denn er wusste, dass die wirklich Erfolgreichen eher zurückhaltend, wenn nicht verschwiegen über ihr privates und berufliches Leben hinweggingen. Was hatten sie von diesem Klassentreffen zu erwarten? Nur immer wieder die alten Geschichten, die, je öfter sie aufgetischt wurden, umso weniger mit der Wahrheit übereinstimmten.

»Ach, wisst ihr, ich hatte so viele Klassen, so viele Schüler, so viele Abschlussfahrten, da fällt einen das Erinnern schwer. Was war denn da mit dem Schüler Elsheimer?«
»Stundenlang mussten wir ihn in den verschiedensten Kneipen suchen, bis wir ihn vor dem Omnibus sitzend, wiederfanden.«
»Olle Kamelle«, sagte einer.

Der Lehrer, der die Abläufe, die jetzt noch kommen sollten, kannte, weil er schon einige dieser Art erlebt hatte, verabschiedete sich, sein Alter vorschützend, von dem kleinen Kreis derer, die ihm in der letzten Stunde langsam auf die Nerven gegangen waren, in aller Höflichkeit.

Rivalitäten, die bereits weit in die Schulzeit zurückreichten flammten auf, sobald bestimmte Reizwörter in den Raum gebracht wurden. Es begann mit neidischen Zänkereien, gefolgt von verbalen Angriffen, gezielten Beleidigungen, die sich nicht mehr stoppen ließen, bis der offene Streit zumindest zwischen zweien entfacht war. Die aggressiven Streithähne waren nicht mehr zu beruhigen, so dass sich ihre anbahnenden Handgreiflichkeiten neben dem Lokal in einer dunklen Hofecke nahe bei den Abfall-Containern, ihre Fortsetzung finden musste.

»Was mich damals schon gereizt hat, war, dir einmal in die Fresse zu hauen, heute tu ich's«, sagte der Kleinere der beiden und schlug dem Größeren ohne weitere Vorwarnung mit der Faust mitten ins Gesicht.

Der Getroffene taumelte zurück, griff sich an die Nase und sah erschrocken auf das Blut an seiner Hand. Das Blut tropfte aus der Nase auf das weiße Hemd.
»Blöde Sau«, war sein erstickender Kommentar, da das Blut zwischen seinen Fingern hindurchquoll.
Ohne nun selbst zurückzuschlagen, eilte er auf die Toilette.
Die Aggression war der Überraschung und dem Schreck gewichen.
Erst als er mit einem blutverschmierten Gesicht und beflecktem Hemd wieder in den Konferenzraum zurückkehrte, fühlte sich ein mehr oder weniger sozial denkender ehemaliger Mitschüler zu Schlichtungsversuchen veranlasst.
»Ja, spinnt's denn ihr? Ihr könnt doch nicht heute alte Rechnungen auf diese Weise begleichen. Ihr seid doch keine fünfzehn mehr. Bleibt jetzt bloß voneinander weg, ihr Streithansln, ihr damische.«

Doch dieses Bemühen lief bei der Verbohrtheit der Kontrahenten ins Leere, denn es stieß auf Unverständnis. Er musste sich wieder in seinem Bemühen hoffnungslos gescheitert aufgeben und sich kopfschüttelnd auf seinen Platz zurückziehen. Einige fühlten sich verpflichtet, um die Ruhe wieder herzustellen, die Streithähne zu trennen und weit im Saal auseinander zu halten. Der verletzte Kamerad wollte nicht mehr länger bleiben, da sein äußerer Eindruck, zu wünschen übrig ließ, auf der Kleidung und in seinem Gesicht. Obwohl auf ihn eingeredet wurde, noch zu bleiben, zahlte er seine Zeche beim Kellner und machte sich davon, nicht ohne seinem Konkurrenten quer durch den Saal zuzurufen:»Das wird für dich noch ein Nachspiel haben. Ich sag' nur Körperverletzung, vorsätzliche!«

Andere, die längst dem Ablauf dieses Treffens überdrüssig geworden waren, schlossen sich zu einer kleinen Gruppe zusammen, um ein anders Lokal aufzusuchen. Es sollte, weil es mehr Abwechslung und Spannung versprach, ein unweit gelegenes Nachtlokal sein.

»Auf Leute oder wollt ihr noch länger bei diesem Deppenverein ausharren. Der Abend ist zu schade dafür.«
»Recht hat der Fritz, auf Leut', kommt's mit.«

Nur der Alfred zögerte und entschloss sich dann zu bleiben. Er ging an die Bar. Dort traf er auf seinen alten Bankkameraden.

»Dann soll der Alfred halt dableiben, der Langweiler.«

Drei zogen daraufhin los. Ferdinand kannte den Weg, er war im Stadtteil zu Hause. Es war auch nicht weit. Scherze wurden auf dem Weg ins „Babaloo" gemacht und schlüpfrige und anzügliche Erinnerungen geweckt.
»Heute können wir es noch einmal so richtig krachen lassen.«
»Wenn du genügend Bares dabei hast, dann ja.«
»Jetzt schau' mer erst mal, was da so geboten wird.«

»Recht hast! Nur Geld für irgend so einen Nepp auszugeben, deswegen muss ich nicht hierher kommen.«

»Nur langsam. Jetzt schau mer halt erst einmal.«

Der Abend im „Babaloo" verlief enttäuschend und kostete nur Geld, so dass die Gruppe sich frustriert wieder aufmachte, ins Hotel zurückzukehren.

Als sie ziemlich ärgerlich von ihrem Abstecher im Nachtklub zurückkamen, sahen sie wie ein blinkendes Blaulicht an den Hauswänden die Hoteleinfahrt ausleuchtete. Es war ein Notarztfahrzeug, das in der Einfahrt stand und den Zutritt in den Hof versperrte. Durch den Seitenzugang zur Bar betraten sie das Gebäude. In kleinen Gruppen standen ihre Kameraden herum und diskutierten. Auch der Hotelmanager war gekommen und sprach mit Fred hinter dem Tresen.

»Zu viel g'soffen hat er«, sagte einer der Gäste, der noch halbwegs nüchtern schien.

»Und alles durcheinander«, ergänzte ein zweiter.

»Eine Alkoholvergiftung hat er halt«, bemerkte ein anderer.

»Die werden ihn schon mitnehmen«, sagte einer mit einem fragenden Blick auf die Rettungskräfte.

Die Sanitäter bemühten sich um den am Boden liegenden Kameraden. Blass im Gesicht, kaum ansprechbar. Eine echte Alkoholleiche.

»Wo bringt's ihn dann hin?«, wollte einer wissen.

»Notaufnahme, Schwabing«, war die kurze Antwort.

Der ehemalige Klassensprecher wurde gesucht. Er hatte die Einladungen verschickt. Er hatte auch die notwendigen Angaben zu der Schnapsleiche: Name, Adresse usw.

»Wer fährt mit? Wir können ihn doch nicht alleine in einer fremden Stadt lassen«, fragte einer, bei dem das soziale Gewissen erwacht war.

Nachdem einer dem anderen ins Gesicht gesehen hatte, fand sich ein wahrer Kamerad, der sich in der Stadt auskannte und sich noch klar im Kopf fühlte. Nach kurzem Zögern erbarmte er sich und sagte: »Ich fahr dann halt mit!«

Die Sanitäter verluden den nahezu Ohnmächtigen auf einer Trage in ihr Fahrzeug. Ohne das Martinshorn zuzuschalten, verließ das Fahrzeug, nur blau in die Nacht blinkend, den Hofraum des Hotels.

Die einen zogen sich in den Konferenzraum zurück, ebenfalls durch den Schrecken ernüchtert und etwas blass im Gesicht geworden, die anderen lebten sofort wieder mit Scherzen und Sprüchen auf. An der Bar, wohin die Verbliebenen drängten, wurde es wieder lebhafter. Der Hotelmanager entfernte sich, denn Fred bekam nun wieder Arbeit.
Der Kreis der Feiernden wurde zusehends und unauffällig kleiner, da einer nach dem anderen auf sein Zimmer ging oder nach einer Taxianforderung durch den Eingang verschwand.

Der Herr, der noch zu früher Abendstunde die Bar betrat, kam Fred irgendwie bekannt vor, obwohl er nicht oft in der Bar gewesen sein konnte. Vielleicht ein- oder zweimal. Er erklomm einen Barhocker und bestellte ein Pils und einen Wodka.

»Gut«, dachte Fred, »entweder es ist ein später Aperitif oder nur so ein Getränk zwischendurch. Für einen Appetizer ist es um einhalbfünf noch zu früh.«

Der Mann verfolgte die wenigen Handgriffe, die Fred brauchte, um die beiden gewünschten Getränke zu erstellen.

»Nicht viel los, um diese Zeit«, bemerkte der Mann und hob sein Pilsglas, in die Fred eine besonders schöne, standfeste Blume gezaubert hatte.

»Um diese Zeit nie«, gab Fred als Antwort. Er war noch nicht in Schwung gekommen, deswegen klangen die wenigen Worte fast unfreundlich. Er machte sich wieder an das Polieren und Einräumen der Gläser, die er aus der Spülmaschine genommen hatte.

Der Mann nippte am Wodka.

Als es Fred einfiel, dass seine Ordnungsarbeiten noch etwas Zeit hätten, und sein Gast mehr Aufmerksamkeit verdienen würde, wandte er sich an den Mann.

»Sie waren noch nicht oft hier bei mir an der Bar«, stellte Fred fest.

»Nein, leider. Genauer gesagt nur einmal.«

»Ah«, sagte Fred, »ich dachte schon, ich hätte Sie womöglich übersehen. Ich merke mir meine Gäste.«

»Nein. Ich saß nicht an der Bar, sondern weiter hinten in der Ecke.«

Der Hotelmanager tauchte am Bareingang auf und wollte den Raum in Gedanken versunken durchqueren. Nach einem kurzen Blick in Richtung Theke, machte er noch einige Schritte und blieb dann abrupt stehen. Er drehte sich dem Gast zu und kam näher.

»Der Herr Weingärtner, welche Ehre für unser Hotel«, sagte er und stellte sich vor den Gast.

»Schönen guten Tag, Herr Kollege.«

Herr Kollege? Fred war verwundert über diese Anrede und schaute mit einem langen Blick die beiden an.

»Das konnte ja nur heißen, dass der Gast auch in gehobener Position im Hotelgewerbe tätig sein musste«, überlegte er rasch und wandte sich geschäftig seinen Arbeiten hinter dem Tresen zu.

»Wenn es Ihre Zeit erlaubt, kommen Sie doch bitte in mein Büro. Ich würde mich gerne mit Ihnen unterhalten. Übrigens«, sagte er zum Gast und an Fred gewandt, »die Getränke gehen aufs Haus.«

»Dafür danke ich schon jetzt und wir sehen uns dann später.«

»Das freut mich. Leider habe ich noch dringend etwas zu erledigen. Also bis nachher.«

Eilenden Schrittes verließ der Manager die Bar durch die Seitentüre.

»Entschuldigung. Ich darf mich nun zu erkennen geben«, sagte der Mann. »Mein Name ist Weingärtner, wie Sie vielleicht mitgehört haben, ich bin der Manager von dem neuen Hotel der Mercure-Kette, am Anfang der Straße.«

»Und jetzt wollen Sie sehen, wie es bei uns aussieht.«

»Hmh. Eigentlich mehr.«

»Was meinen Sie mit ‚mehr'?«

»Um ganz offen zu sprechen, ich bin wegen Ihnen gekommen!«

Fred stoppte seine Handgriffe.

»Wegen mir?«, fragte Fred irritiert.

»Entschuldigung. Lassen Sie mir das einfach erklären. Wir haben ein Problem. Wir mussten unseren Barkeeper durch kurzfristige Aushilfen ersetzen. Das hat nur Probleme gegeben, die wir uns nicht leisten können. Um es mit klaren Worten zu sagen: Ich würde Sie gerne in unserem Haus anstellen.«

»Deswegen sind Sie zweimal hierhergekommen?«, fragte Fred immer noch irritiert.

»Ja. Ich wollte mir selbst vor Ort einen Eindruck verschaffen. Ja. Das war mir wichtig. Und ich möchte Ihnen ein Angebot machen.«

»Und das wäre?«, fragte Fred und musste seine Neugier zurückhalten.

»Ich zahle Ihnen 200 mehr, als was Sie hier verdienen.«

»200?«, Fred reagierte ungläubig.

»Ja. Ich weiß, wenn ich 100 gesagt hätte, dann hätten Sie sich die Zahl nicht lange durch den Kopf wandern lassen. Ich sehe Ihnen das an.«

Der Herr lächelte selbstsicher. Vielleicht mag er mit dieser direkten Art des Öfteren schon Erfolg gehabt haben.

»Könnten Sie sich vorstellen, den Arbeitsplatz, der sich in seiner Art in nichts von dem was Sie hier machen unterscheidet, für etwas mehr Geld zu wechseln.«

»Das kommt mir zu schnell«, Fred wich dem überraschend vorgetragenen Angebot aus. »Das muss überlegt sein.«

»Klar, das ist verständlich. Es muss ja nicht schon morgen sein«, lachte der Herr gewinnend.

»Ich habe mit Ihrem jetzigen Chef noch einiges zu besprechen. Aber ich komme wieder. Übermorgen, bestimmt.«

Der Herr rutschte vom Barhocker und nahm den letzten Tropfen aus seinem Wodkaglas und sagte: »Danke für den Drink. Und bis bald. Sie werden Ihre gute Wahl nicht bereuen.«

Mit raschen Schritten ging er in Richtung Hotelrezeption.

Zwei Tage später erschien der Herr, von dem Fred nun wusste, das er Weingärtner hieß und Manager des neu errichteten Hotels Mercure ist, zu einer späteren Stunde, als in der Bar reger Betrieb herrschte.

»Guten Abend Fred, wenn ich Sie so nennen darf, da mir keiner, dem ich hier begegnet bin, Ihren vollständigen Namen bekannt geben konnte.«

»Guten Abend, Herr Weingärtner«, sagte Fred nur knapp.

»Nun wie stehen Sie zu meinem Angebot?«

»Ich muss Sie leider enttäuschen.«

»Oh, das überrascht mich aber.«

»Haben Sie allen Ernstes gedacht ich würde von hier wegge-
hen?«

»Haben Sie Familie?«

»Nein, nicht mehr.«

»Dann sind Sie ja ungebunden. Auch was den Arbeitsplatz
anbelangt.«

»Ich weiß, Herr Weingärtner, wie es um unser Hotel steht.«

»Aber ich bin schon so viele Jahre hier und da ich allein lebe,
ist das hier meine Familie. Ihr Angebot kommt daher für zehn
bis fünfzehn Jahre zu spät. Und denken Sie an die Redensart:
Einen alten Baum verpflanzt man nicht.«

»Schade, sehr schade. Aber es ist noch nicht aller Tage
Abend. Es kann noch eine Zeit kommen.«

Er machte eine längere Pause.

»Ich habe vorgestern mit Ihrem Manager gesprochen. Sie
wissen das.«

»Ja, aber mein Entschluss steht fest.«

»Wirklich schade. Aber geben Sie mir noch einen Wodka, zum
vorläufigen Abschied.«

»Gerne. Kommt sofort.«

Fred füllte ein passendes Glas ein. Der Manager trank es in
einem Zug aus.

»Das ist ein besonderer, ein vorzüglicher Wodka.«

»Ja. Ein Experte wie Sie hat das gleich erkannt. Der kommt
aus Finnland. Es ist ein Laplandia Super Premium Vodka.«

Bis zur endgültigen Schließung des Hotels waren es nur noch wenige Wochen. Die Zahl der Gäste hatte sich nahezu halbiert. Da erschien eines Vormittags eine Personengruppe von etwa fünf Leuten in der Hotelhalle. Der Hotelmanager, der mindestens einen aus der Gruppe kannte, kam hinzu. Die Besucher stellten sich einer nach dem anderen dem Hotelmanager vor: Der Kameramann, der Toningenieur und der Drehbuchautor.

»Jetzt hätte ich fast unsere Regieassistentin vergessen. Wie unhöflich von mir.«

Die junge Dame, von der die Rede war, lächelte verlegen.

Dann drehten sie sich den Erklärungen des Hotelmanagers folgend im Kreis, um in einem Rundblick alles zu sehen, was er in weitschweifenden Worten beschrieb.

»Und hier schließt sich die Hotelbar an«, erklärte er und schritt in den Barbereich. Die Gruppe folgte ihm wie bei einem Museumsbesuch.

»Das ist unser Barbereich. Wir können uns jetzt hierhin setzen«, sagte er und deutete mit einer Handbewegung auf die kleinen Sitzgruppen hin.

Der Anführer der Gruppe war einverstanden. Er hatte offensichtlich das Sagen und entschied für die anderen mit. Die Mitglieder der Gruppe rückten beflissen die Tischchen und die kleinen Sessel zu einem Gesprächskreis zusammen.

»Wie machen wir das mit dem Barbetrieb?«, fragte die Regieassistentin an ihren Chef gewandt.

»Wir haben leider noch keinen eigenen Schauspieler«, gab der Angesprochene zurück.

»Könnten wir nicht Ihren Barmann dazu einsetzten. Es sind ja nur ein paar Sätze«, fragte der Regisseur den Hotelleiter.

»Das halte ich für eine gute Idee. Er wirkt authentisch und versteht zweifelsohne sein Handwerk«, sagte der Drehbuchautor.

»Der wirkt nicht nur authentisch, der ist es auch, mein Lieber«, sagte stolz der Hotelmanager, »und das seit Jahrzehnten.«

Fred beobachtete die Szene unauffällig, aber aufmerksam. Er hatte ohnehin keine Kundschaft zu bedienen, und lauerte schon, bis er vom Hotelmanager zu der Filmcrew gerufen wurde.

»Fred, könnten Sie sich vorstellen, in einer Filmszene mitzuwirken.«

»Was müsste ich tun?«

Er wandte sich mit einem fragenden Blick an den Regisseur.

»Nur Ihre Arbeit machen, wie gewohnt, wie immer.«

»Gut, wenn es weiter nichts ist. Wen werde ich da bedienen müssen?«

»Ach, nur den Hauptdarsteller mit seiner Geliebten«, lachte der Regisseur und alle anderen lachten mit.

Um einen Beitrag zu der gelösten Stimmung zu leisten, fragte Fred: »Und der Hauptdarsteller, darf der echte Spirituosen trinken?«

»Kommt darauf an«, sagte der Kameramann, »wenn er richtig trinkt, ist er betrunken, und wir müssen die Szene mehrmals wiederholen oder wir können den Drehtag vollkommen vergessen.«

»Na, soweit lassen wir es nicht kommen«, sagte der Regisseur. »Sie werden ihm schon ein entsprechendes Ersatzmittel servieren: Tee, Saft oder nur Wasser.«

»Aber ich mochte keinen Ärger mit dem Darsteller auf mich ziehen. Der hat sicher seine Eigenheiten. Sie werden ihn gewiss vorher instruieren.«

»Das lassen Sie nur meine Sorge sein. Sie machen Ihren Job, und ich den meinen.«

»War's das dann. Kann ich wieder zu meinen Flaschen zurück?«, fragte scherzend Fred.

»Danke, Fred wir brauchen dich im Moment nicht mehr. Sollte es nötig sein werde ich dich schon rufen.«

»Alles klar«, sagte Fred und entfernte sich.

»Ich glaube wir haben mit dem Barmann die richtige Wahl getroffen«, sagte die Regieassistentin.

»Glaub' ich auch«, setzte der Regisseur hinzu.

»Wenn es noch etwas Konkretes zu besprechen gibt, wozu wir hier bleiben müssten ...., wenn nicht, dann gehen wir in den Konferenzraum«, schlug der Hotelmanager vor.

Die Gruppe erhob sich auf ein Handzeichen des Regisseurs und im Gänsemarsch folgten sie dem Hotelmanager aus der Bar.

Eine halbe Woche später war der Mann wieder zur Haltestelle gekommen und hatte auf dem Gittersitz Platz genommen. Der dritte Stock wurde gerade abgebrochen. Die vielfältigsten Gäste gingen ihm durch den Kopf. Die einfachen, unauffälligen angepassten Gäste, die sensiblen, empfindlichen auf die

er mit Feingefühl herangehen musste, die herrschaftlich auf-
tretenden Personen, die nur ihre eigene Unsicherheit und ihr
erfolgloses Leben verschleiernd überspielten, alle kannte Fred
nach wenigen Minuten. Und er wusste, wie er sie anzuspre-
chen und zu behandeln hatte. Die Schwachen waren ihm lieber als die scheinbar Starken.

Der Abend war an seiner Mitte angelangt. Der Barbetrieb hatte
sich nach den anstrengenden Stunden nach dem Abendessen
beruhigt.
Sie saßen schon eine Weile in einer Nische in der Bar, in der
ein kleines Tischchen aufgestellt war. Sie unterhielten sich
sehr leise. Bei Fred hatten sie zwei Planter's Cocktails bestellt.
Der Mann hatte nach einer Viertelstunde seine Gesprächsbe-
reitschaft eingestellt, was der Frau überhaupt nicht gefiel. Sie
wollte das Gespräch aufrecht halten und redete auf ihn fort-
während ein. Als er nicht auf sie einging wurde ihr Ton lauter
und Fred, der zwischendurch einen Blick in die Ecke warf,
nahm nun schärfere Töne wahr, die von der Frau kamen. Es
schien als wäre die Gesprächssituation dem Mann zu viel
geworden und er bedeutete der Frau kurz, auf die Toilette zu
verschwinden. Die Frau lehnte sich ruckartig auf der Eck-
Couch zurück und schüttelte ihre Haare wie angewidert aus.
Sie beugte sich wieder nach vorne, nahm ihr Glas und zog
mehrfach kräftig am Trinkhalm, der darin steckte. Als der
Mann zurückkam und gerade wieder Platz genommen hatte,
machte auch sie Anstalten den Raum zu verlassen, sprang
energisch auf, machte ein paar Schritte, kehrte jedoch rasch
zurück, um mit einem beherzten Griff ihre Tasche vom Sitz
zunehmen und an sich zu reißen. Mit kräftigen Schritten verließ sie den Bereich der Hotelbar. Kaum war sie verschwunden bestellte der Mann zwei weitere Getränke bei Fred. Wieder zwei Planter's.

Fred ging zu seinem Platz hinter der Theke zuruck. Die wenigen Schritte, in denen er dem Mann den Rücken zukehrte, reichte diesem aus, ein kleines Tütchen aus seiner Sakko-Tasche zu nehmen, es aufzureißen und den Inhalt in das Glas seiner Begleiterin rieseln zu lassen. Bei ihrer Rückkehr war sie erstaunt, nochmals ein Getränk, mit dem sie nicht gerechnet hatte, serviert zu bekommen. Trotzdem zischte sie nur unfreundliche Worte, rührte mit dem Trinkhalm wie wild im Longdrink-Glas herum und nahm dann einen kleinen Schluck, setzte das Glas wieder ab und sagte: »Zu sauer! Zu viel Zitrone!«

Der Mann probierte sein Getränk, welches das gleiche war.

»Kann sein. Ein wenig!«, bemerkte er nur.

Die Frau zischelte weiter. Der Mann drehte sich demonstrativ von ihr weg und sah interessiert zu, wie Fred einen Cocktail für einen Gast, der an der Theke saß, zubereitete. Die Frau zeigte sich dadurch sichtlich provoziert und goss den Inhalt ihres Glases mit zwei großen Schlucken in sich hinein. Sie stellte das Glas auf dem Tischchen vor ihr ab und ließ sich wieder in das Rückenpolster zurückfallen. Der Mann sah weiter zu Fred und versuchte zu verstehen, was an der Bar gesprochen wurde. Nach einer Weile drehte er sich zu seiner Begleiterin um. Sie verharrte zurückgelehnt. Sie schien eingeschlafen zu sein. Ihr Gesicht war nun blass verfärbt und auf ihren Lippen, die sie vor kurzem noch kräftig rot nachgeschminkt hatte, traten kleine Bläschen. Ohne sich besorgt zu zeigen, stieß er sie heftig mit dem Zeigefinger in die Seite. Sie zeigte keine Reaktion. Der Mann stand auf, ging an die Theke und bat Fred im flüsternden Zwiegespräch einen Notarzt zu rufen. Ohne sich in ein erklärendes Gespräch, über das Wie und das Was reagierte Fred sofort. Erst dann fragte er den Mann mit Blick auf die in der Nische lehnende Frau, wie er dazukommt, den Notarzt anzufordern.

Sie hätte schon des Öfteren solche Ohnmachtsanfälle gehabt, war seine kurze Erklärung.

»Sie braucht vermutlich auch heute wieder eine Injektion, die den Kreislauf stabilisiert«, bemerkte der Mann trocken.

Der Notarzt kam sehr rasch. Ohne großes Aufsehen packten sie die Frau, nachdem der Arzt Atmung und Herztöne geprüft hatte, auf eine Trage und brachten sie nach draußen, wo im Hof, der nur gering von der Straße aus einsehbar ist, das Einsatzfahrzeug stand. Der Mann nannte Fred noch hastig seine Zimmernummer und begleitete seine regungslos daliegende Frau mit zum Krankenwagen. Er fuhr mit zum Klinikum.
Fred dachte: »Die Sache ist für dich, mein Freund, längst noch nicht abgeschlossen.«

Er kam einmal im Monat, um seine Kunden reihum in der Region zu besuchen. Den ersten und letzten Abend seines Aufenthalts im „Kaiserhof" verbrachte er mit Regelmäßigkeit im Hotel an der Bar. Seine Getränkebestellung war immer die gleiche. Fred, der Barmann wusste schon beim Hereinkommen des Gastes, was dieser, jedoch immer betont deutlich, in Auftrag geben werde.
»Einen Scotch, bitte mit viel Eis.«
»Selbstverständlich, wie immer, Herr Beutler. Kommt sofort.«
»Wie Sie sich immer alle Namen merken können? Auch wenn ich so selten zu Ihnen komme.«

»Aber, das wird doch von mir erwartet, so wie erwartet wird, dass ich die Mixturen der gängigsten Getränke auswendig zusammenstellen kann.«

Am ersten Abend trank Beutler immer zwei Drinks, am letzten Abend waren es immer drei.

»Wie liefen die Geschäfte in diesem Monat?«, wollte Fred wissen.

Aufgrund der langjährigen Vertrautheit mit diesem Gast, konnte sich Fred erlauben, eine Frage nach dem beruflichen Erfolg zu stellen, wovon er bei ihm weniger bekannten Gästen grundsätzlich Abstand nahm.

»Wie immer, gleichbleibend spärlich.«

»Na, es wird schon wieder«, sagte Fred und wandte sich einer Bestellung vom anderen Ende der Theke zu.

Beim nächsten Blickkontakt mit Herrn Beutler, der den Blick von Fred aufnahm, hob der Gast sein leeres Glas, um dem Barmann zu bedeuten, dass der nächste Drink fällig wäre. Fred nahm sofort seine Arbeit auf und stellte den Drink zusammen, denn er wusste, dass Herr Beutler keine zu großen Pausen zwischen den Drinks wünschte.

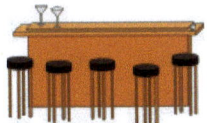

Am Vortag hatte der Hotelmanager Fred gebeten in einer Zeit, in der die Bar nicht frequentiert wurde, zusammen mit einem Kellner den Konferenzraum herzurichten. Tische und

Bestuhlung ausgerichtet für einen Vortrag, für eine Präsentation. Es sollten etwa 30 bis 40 Personen kommen.
Eine Seminarveranstaltung, eher eine Vertreterschulung, sagte der Manager.
Am Eingang zum Konferenzsaal wurde ein Schild angebracht:
„SecuraLife, Fortbildungs-Seminar"

Langsam fanden sich am Folgetag die Teilnehmer dieser Schulung ein. Alle Männer, im mittleren Alter, im Businessanzug mit Krawatte, Aktentasche und schwungvollem Schritt, keine einzige Frau war dabei.
Fred hörte noch die Begrüßungsworte des Veranstaltungsleiters:»... und wir von der SecuraLife Versicherung sind stolz darauf, Ihnen als Referenten der heutigen Veranstaltung Herrn Weigler vorstellen zu können, ein Fachmann, den man in unseren Kreisen nur unter schwierigsten Bedingungen bekommt.«
Dann wurden die Flügeltüren des Konferenzraumes geschlossen, und Fred konnte sich wieder konzentriert seiner Arbeit zuwenden.
Die Veranstaltung sollte eineinhalb Stunden dauern. Bei Halbzeit wurde eine Pause eingelegt. Die Tür zum Konferenzraum öffnete sich, und die Herren kamen in kleinen Gruppen diskutierend heraus. Einige steuerten sofort die Toilette an, die anderen eilten in die Launch der Bar, um sich hastig eine Zigarette anzuzünden. Andere kamen direkt zum Bartresen. Hier wollten einige sofort einen harten Drink, ohne viel Schnickschnack, ohne eine Mixshow, den sie schnell hinunterstürzten. Einige ließen sich auf die Künste von Fred ein. Entweder um den anderen zu imponieren, welche weitgereisten und erfahrene Hotelbesucher sie waren oder welche Kenntnisse sie in den Angeboten einer gut bestückten Hotelbar vorweisen wollten.

Als Letzte kamen der Projektleiter und der Referent aus dem Konferenzsaal, intensiver diskutierend als die geladenen Zuhörer dieser Veranstaltung. Sie blieben in der Mitte der Bar stehen und konnten durch ihr intensives Gespräch anfangs nicht entscheiden, ob sie an einem der kleinen Tischchen oder direkt an der Bar Platz nehmen sollten. Letztlich zupfte der Projektleiter den Referenten am Ärmel seines Sakkos, da er sah, dass noch zwei Plätze an einem Tisch frei waren und die Barhocker leider alle belegt waren. Einige Männer mussten neben einem Kollegen an der Theke stehend ihren Platz einnehmen. Fred hatte nun alle Hände voll zu tun. Sein Auszubildender, der ihm anvertraut worden war, goss die einfachen Getränke ein, Kognak, Whiskey, Gin. Die Martinis und die Gin Fizz machte Fred selbst.

Unaufdringlich ging der Projektleiter nach zwanzig Minuten an jeder Gruppe vorbei und sagte:
»Meine Herrn, wir müssen wieder. Kommen Sie!«
Langsam lösten sich die Gruppen auf, drückten die Zigaretten in die Aschenbecher, stellten ihre Gläser ab und die einzelnen Teilnehmer verschwanden zögernd einer nach dem anderen im Konferenzsaal.
Als letzte folgten der Projektleiter und der Referent, wie Hirten, die ihre Herde zusammentreiben.
»Ein wenig müssen Sie noch die Leute in den Verkaufs- und Aktionsmodus bringen«, sagte der Projektleiter. »Von mir wird auch eine Erfolgsquote erwartet.«
»Habe verstanden, ich habe noch einige schlagende, ja zwingende Argumente. Die müssten hinhauen.«

Neugierig blickend betrat der Friseur von der gegenüberliegenden Straßenseite, wo Fred seit vielen Jahren Stammkunde war, von der Seitentüre aus den Barbereich. Fred konnte sich wahrlich als Stammkunde bezeichnen, da er auf einen sauberen Haarschnitt größten Wert legte und er es unschicklich fand, einmal kurze und einmal längere Haare zu tragen. Folglich fand der Besuch beim Friseur in relativ kurzen Abständen statt. Über die Jahre hatte sich ein fast freundschaftliches Verhältnis entwickelt, obwohl beide immer noch beim „Sie" geblieben waren.

Als er Fred hinter der Theke arbeiten sah, hellte sich sein Gesicht deutlich auf.

Rasch ging er auf Fred zu, der den Kopf gehoben hatte, als von der Straßenseite ein Besucher eintrat.

»Jetzt haben mich die Neugier und die Sorge über die Straße getrieben. Ich dachte mir, es muss etwas passiert sein, da Sie schon drei Wochen nicht mehr bei mir im Salon waren.«

»Ja, ein äußerst seltener Besuch in meiner Bar«, stellte Fred fest.

»Ich glaube, ich bin überhaupt zum ersten Mal hier.«

»Ja, ich war zwei Wochen nicht in meiner Bar. Eine Bronchitis hat mich erwischt. Man wird älter.«

»Ja, wem sagen Sie das. Hauptsache Sie sind jetzt wieder auf dem Damm, das Hotel und seine Gäste werden sich freuen.«

»Nun, es geht wieder und morgen komme ich zum Haareschneiden. Garantiert.«

»Dann kann ich ja beruhigt wieder abziehen.«

»Na, wenn Sie schon da sind, dann bleiben Sie noch auf ein Gläschen. Was kann ich Ihnen anbieten. Es geht aufs Haus.«

»Wenn Sie ein Gläschen Grappa ausgeben, würde das genau in meine Stimmung passen. Ich fahre in wenigen Wochen an den Gardasee.«

»Da wünsche ich Ihnen eine gute Zeit und sonniges Wetter.«

»Die Zeit werde ich mir gönnen und auf das Wetter habe ich keinen Einfluss«, lachte der Friseur.

Fred goss ein Gläschen mit dem wasserklaren Tresterschnaps ein.

»Eine Pizza, eine Birra und eine Grappa, das passt zusammen, darauf freue ich mich schon.«

»Und sperren Sie den Salon dann ganz zu?«

»Nein, die Elke hält die Stellung, nur meine Kunden, die Herren, muss ich um eine Woche vertrösten.«

Der Figaro von gegenüber trank seine Grappa und schmatzte. Sie schien ihm zu schmecken.

»Ich muss dann wieder, vielen Dank Herr Fred. Bis morgen. Dann bringen wir Ihre Frisur wieder in die gewohnte, optimale Länge.«

Unruhig auf seine Armbanduhr blickend steuerte der Mann auf die Theke der Bar zu.

»Guten Tag. Welchen Wunsch kann ich dem Herrn erfüllen?«, wandte sich Fred dem Gast zu.

»Ach, ich weiß es im Moment selbst nicht. Eigentlich soll ich hier auf jemand warten.«

»Gut, bis aber Ihr Besuch erscheint, könnten Sie etwas trinken, nicht wahr?«

»Ja, dann machen Sie mir bitte einen Drink mit Gin.«

»Darf es ein Martini, dry oder medium oder ein Negroni sein?«

»Ach, ich nehme einen Martini Dry. Die Olive können Sie weglassen.«

»Kommt sofort«, sagte Fred, und machte sich an die Arbeit.

»Eigentlich müsste er schon da sein«, murmelte der Mann und schaute wieder auf die Uhr.

Fred stellte das Getränk vor den Gast auf den Tresen.

»Sie kennen mich nicht?«, sagte der Mann und Fred wusste nicht ob es eine Frage oder eine Feststellung sein sollte.

»Ehrlich gesagt, nein«, antwortete Fred.

»Sie sind meinem Gedächtnis nach zum ersten Mal hier im Hotel.«

»Mein Name ist Hans Faltenberger«, sagte der Mann.

Fred runzelte die Stirn. Aus Gründen der Höflichkeit sagte er zunächst nichts, denn er konnte den Mann nirgendwo einordnen.

»Kennen Sie den Film „Kampf im Nordatlantik"? Ein Film über den U-Boot-Krieg.«

»Nein, tut mir leid. Ich schaue auch keine Kriegsfilme an, wenn ich schon mal ins Kino gehe.«

»Ich spielte den Kommandanten auf der U 239. Nun damals mit Bart und Kapitänsmütze sah ich verändert aus, da tut man sich sicher schwer.«

»War denn der Kommandant die Hauptrolle im Film?«, fragte Fred und wollte Interesse zeigen und das Gespräch am Laufen halten.

»Nein, es war quasi die zweite Hauptrolle. Die Hauptrolle spielte ein junger Marinesoldat, der den Helden spielen musste.«

»Und wie ist der Film verlaufen?«

Fred wollte es eigentlich gar nicht wissen.

»Abgesoffen sind wir, bis auf den jugendlichen Helden«, lachte der Mann.

Zu Freds Überraschung und Glück kam Eva-Lena, die Telefonistin in der Hotelverwaltung mit einem Tablett, auf der ein Kuvert lag, zu Fred an die Theke.

»Eine Nachricht für einen Herrn Faltenberger, eine Telefonnachricht. Wenn er erscheint, dann geben Sie ihm bitte das Kuvert.«

»Das ist gar nicht nötig, denn ich bin schon da!«

Verdutzt hielt Eva-Lens dem Gast das Tablett entgegen.

»Hier bitte, wenn das für Sie ist.«

»Na klar, viele Faltenberger befinden sich hier sicher nicht«, lachte der Schauspieler.

Eva-Lena lächelte etwas verlegen. Der Mann ergriff das Kuvert und riss es hastig auf.

»Danke«, sagte er noch, aber das Wort erreichte Eva-Lena nur von hinten, da sie sich schon umgedreht und ein paar Schritte entfernt hatte.

Viel stand nicht auf der Notiz.

„Komme später. Etwas dazwischen gekommen. Mit einer Stunde ist zu rechnen". Der Mann las und kommentierte die Notiz leicht verärgert.

»Na, dann können wir es langsamer angehen lassen«, sagte er zu Fred, der ihn fragend anblickte.

»Ja, dann trinke ich noch einmal dasselbe. Ich warte auf ein neues Filmangebot. Daher warte ich hier auf einen Regisseur.«

Der Mann kam nun ins Plaudern.

»Der Regisseur wollte mir ein Drehbuch zeigen und erklären, wie er sich die mir zugedachte Rolle vorstellt. Als ob ich nicht nach all den Filmen nicht selber wüsste, wie ich eine Rolle anzulegen hätte. Es gibt Leute beim Film, müssen Sie wissen, die wollen immer alles besser wissen. Meistens ändern sie die Rolle so, wie man sie selber nie ausgefüllt hätte. Aber die haben ja das Sagen und die kleinen Schauspieler werden nach Drehtagen bezahlt. Außer man ist eine ganz große Nummer.«

Der Mann drehte den Stil des Glases zwischen Daumen und Zeigfinger hin und her.

»Aber Sie sind doch eine große Nummer.«

Fred forderte den Mann vorsichtig heraus.

»War mal«, sagte der Mann mit einer gewissen Bitterkeit. »Heute spiele ich in der dritten Reihe.«

»Aber immerhin treffen Sie sich mit einem Regisseur. Der will doch gerade Sie haben.«

»Das kommt erst noch auf. Das kommt tatsächlich erst auf, wenn er da ist«, wiederholte der Mann. »Eigentlich müsste er doch schon da sein oder zumindest bald kommen.«

»Wird schon noch«, sagte Fred beruhigend.

Der Mann trank aus.

»Ich glaube, ich nehme noch einen.«

»Gerne«, sagte Fred und holte sich ein frisches Glas heran.

»Muss bald kommen«, murmelte der Mann.

Nach einer Dreiviertelstunde erschien der erwartete Gesprächspartner des Mannes, der gerade seinen dritten Drink geleert hatte.

»Mein lieber Faltenberger«, rief der Mann beim Hereineilen dem Schauspieler zu, der sich ruckartig auf seinem Barhocker drehte und fast heruntergerutscht wäre, »tut mir furchtbar leid. Meine Nachricht hat Sie, wie ich sehe, erreicht. Aber in Stuttgart lief alles nicht so glatt, wie ich mir das ausgerechnet hatte.«

»Aber jetzt sind Sie ja da«, entgegnete der Mann erleichtert.

»Was haben Sie denn für mich?«

»Schwierig, schwierig. Ich habe gerade in Stuttgart die Hauptrolle vergeben«, jammerte der Gast. »Aber ich habe für Sie noch eine Charakterrolle reserviert. Sie dürfen die Hauptrolle erschießen. Aber nur im Film«, lachte der Gast voll Sarkasmus.

»Also wieder keine Hauptrolle.«

Der Schauspiele zeigte sich enttäuscht.

»Hauptrollen sind rar, Faltenberger, das wissen Sie ja. Nebenrollen gibt es eben häufiger«, sagte der Regisseur kühl.

»Ich muss erst das Buch lesen, ob ich damit überhaupt etwas anfangen kann.«

»Können Sie, können Sie», beruhigte ihn sein Gesprächspartner.

»Sie sind ein Profi, Sie können jede Rolle ausdrucksvoll besetzen.«

»Lassen Sie mich das Buch erst lesen.«

»Gut, nur viel Zeit haben Sie dafür aber nicht. Eigentlich gar keine. Sie müssen das Buch bestenfalls heute Nacht lesen und mir morgen beim Frühstück Bescheid sagen, denn dann bin ich wieder weg. Aber Sie machen das!«

»Da treiben Sie mich ganz schön in die Enge.«

»Mehr Möglichkeiten habe ich für Sie leider nicht. Entweder Sie sagen zu oder Sie lassen das«, sagte der Regisseur scharf.

»Gut, wenn es so eilig ist!«, lenkte der Schauspieler ein.

»Dann lieber Faltenberger, gute Nacht. Ich muss noch einige Papiere durcharbeiten. Sie sehen, nicht nur Sie haben heute Abend noch etwas zu tun. Bis morgen, Faltenberger!«

Der Mann entnahm einen DIN A4 Umschlag aus seiner Aktentasche und schob ihn dem Schauspieler auf dem Tresen hin.

Faltenberger prüfte die Dicke des Umschlags und sagt nur: »Hmh! Das ist alles!«

»Nein, nicht ganz. Nur die Hälfte. Die zweite ist noch in Arbeit.«

»Dann fehlt mir der Überblick über meine Rolle«, beklagte sich der Schauspieler.

»Faltenberger, das ist doch für Sie kein Problem. Ihr Part ist markiert. Das kennen Sie doch. Also „Gute Nacht!"«

Der Regisseur klopfte mit der flachen Hand noch auf den Umschlag, drehte sich um und wandte sich dem Ausgang der Bar in Richtung der Eingangshalle zu.

»Das nennt man jemand die Pistole auf die Brust setzen«, sagte Faltenberger an Fred gewandt.

Fred verzog den Mund und sagte: »Man wählt immer wie man muss. Die Möglichkeiten sind oft sehr begrenzt.«

Der Schauspieler hätte sich von Fred mehr Mitgefühl erwartet. Er hinterließ bei Fred seine Zimmernummer, griff sich den Umschlag und ging schon ein wenig schwankend zu den Aufzügen.

Fred sagte zu einem Kellner, der eben an den Tresen gekommen war: »Sic transit gloria mundi.«

»Verzeihung Fred, ich habe Sie gerade nicht verstanden, haben Sie das zu mir gesagt?«

»Nein, das habe ich so in die Luft gesagt. Ist auch nicht so wichtig«, sinnierte Fred und nahm ein Glas und sein Tuch in die Hand, um es zu polieren.

Seit einigen Tagen war der Abbruch des „Kaiserhofs" in vollem Gange. Das Hotel war vollends leer. Keine Gäste in den Zimmern, kein Personal in der Küche und im Restaurant. Die Arbeiten mussten mit Rücksicht auf die Nachbargebäude wegen des entstehenden Staubs und herabstürzenden Bauteilen vorsichtig erfolgen. Das Dachgeschoss ist am Vortag abgetragen worden und die Arbeiter begannen langsam im 4. Stockwerk mit dem Einreißen der Mauern, die vormals die Zimmer voneinander trennten. Die Bauteile mussten über die Rückseite des Gebäudes entfernt werden, um den Straßenverkehr so wenig wie möglich zu beeinträchtigen. Dort standen ein großer Kran, der kompakte Teile in die Tiefe absenkte und ein Bagger, der Abbruchmaterial auf einen bereitstehenden Lkw lud. Die Vorderfront des Gebäudes wurde mit größter Umsicht abgebrochen, da hier eine Hauptstraße mit einer Straßenbahnlinie verläuft, und soweit es ging, Störungen vermieden werden mussten.

Der grauhaarige Mann saß auf dem schmalen Ruhebänkchen an der Tramhaltestelle auf der gegenüberliegenden Straßenseite. Er saß dort schon mehr als eine dreiviertel Stunde und mehrere Straßenbahnen hatten hier für wenige Sekunden, die ihm den Blick auf die Abbrucharbeiten verstellten, angehalten und waren wieder abgefahren. Manches Mal sah er die Hauptstraße hinauf und hinab. Meisten jedoch war sein Blick auf die gegenüberliegende Seite gerichtet.
Heute waren die Abbrucharbeiten im 3. Stock angekommen. Fred erinnerte sich, dass in einem dieser Zimmer die Frau von

Lichtenfeld logiert hatte. Es war immer dasselbe Zimmer, Zimmer 318, das sie belegte. Sie war nicht irgendein Gast, es war ein Gast von größter Wichtigkeit, denn ihr gehörten wesentliche Anteile am Hotel. Langsam konstruierte sein Gedächtnis die Ereignisse, die sich vor einiger Zeit abgespielt hatten.

Beide betraten die Bar durch die seitliche Eingangstüre. Den Arzt, den kannte er schon seit einiger Zeit. Der Pfarrer wurde ihm von Dr. Westermann vorgestellt.

»Wir sind in einer heiklen Mission hier«, sagte der Arzt zu Fred.

»Oben in Zimmer 318 liegt die Frau von Lichtenfeld, eine eigenwillige Frau. Sie hat sich ausbedungen, hier im Hotel zu sterben, nicht zu Hause und schon gar nicht im Krankenhaus. Nun ist ihr Neffe bei ihr. Der hat uns gerufen, denn er vermutet ihr baldiges Ableben.«

»Ich kenne Frau von Lichtenfeld, sie war schon oft, ja regelmäßig, Gast im Hotel. Außerdem hält sie ansehnliche Anteile von Aktien an unserem Haus.«

»Ja, daher ist ihr Wille auch zu erfüllen und sie ist unter keinen Umständen bereit, sich in ein Krankenhaus oder in ihre Villa verlegen zu lassen.«

»Ich gehe jetzt einmal nach oben«, sagte der Arzt.

»Gut, wenn Sie mich in einer Viertelstunde hier ablösen könnten«, bat der Priester.

»Gut. Bis gleich, Herr Pfarrer«. Der Arzt verließ die Bar.

»Steht es so schlecht um die alte Dame?«, erkundigte sich Fred.

»Das weiß ich nicht so genau, ich erhielt die Nachricht erst vor einigen Stunden. Der Doktor wird uns nachher Genaueres sagen können.«

»Kann ich Ihnen irgendetwas anbieten, Herr Pfarrer?«

»Ja, gerne, vielleicht ein kleines Gläschen Rotwein.«

»Was darf's denn sein. Italienisch, französisch, von Übersee oder was ist Ihr Wunsch?«

»Bitte einen trockenen Rotwein, egal aus welchem Anbaugebiet.«

»Herr Pfarrer, ich habe hier einen offenen Bordeaux, entre deux mers, der hat gute Duftnoten und ein volles Bukett.«

»Ja, gerne. Sie sind der Experte, der mir etwas empfehlen kann.«

Der Barmann schenkte aus einer Flasche, die er aus einem Unterschrank seiner Theke nahm, ein Achtel Wein in ein großes, bauchiges Glas.

»Auf Ihr Wohl, Herr Pfarrer.«

»Danke«, erwiderte der Geistliche.

Der Priester nippte an seinem Glas.

»Wirklich vorzüglich«, lobte der Pfarrer.

»Freut mich, dass er Ihnen schmeckt«, sagte Fred.

Ohne Hektik blickte sich der Geistliche im Barbereich langsam um. Er strahlte eine große Ruhe aus.

Bald kam der Arzt in die Bar zurück.

»Wie steht's«, fragte der Pfarrer locker.

»Es steht nicht gut, sie wird diese Nacht noch von uns gehen.«

»Ist der Neffe noch bei ihr?«

»Ja, er will noch weiter bei seiner Tante bleiben.«

»Gut, ich hoffe, die Frau nicht allzu erschrecken, wenn ich auftauche.«

»Das habe ich mit ihrem Verwandten schon besprochen, er ist einverstanden. Auch die alte Frau ist auf Ihren Besuch vorbereitet.«

»Gut, dann gehe ich an meine Aufgabe.«

Der Pfarrer rutschte von seinem Hocker, nachdem er sein Glas geleert hatte und steuerte auf den Aufzug zu.

Kurz darauf erschien auch der Neffe in der Bar. Er setzte sich zum Arzt an den Tresen.

»Ich hab sie jetzt mit dem Pfarrer allein gelassen. Was sie zu bereden haben, geht mich im Kern nichts an.«

Er drehte sich dem Barmann zu.

»Fred, machen Sie mir bitte einen Whisky, einen Canadian.«

»Mit Eis? Kommt sofort, Herr Bader!«

Mit schnellen Handgriffen erstellte er den Drink, den er für Herrn Bader schon des Öfteren zubereitet hatte.

Der Arzt fragte direkt an den Neffen gewandt: »Sie sind auf alles vorbereitet?«

»Ja, sicher. Es war schon so vorherzusehen. Wir sind auch über alles gemeinsam übereingekommen. Außerdem bin ich der Alleinerbe. Ich habe auf niemanden Rücksicht zu nehmen. Es gibt auch schon Kontakte mit Interessenten für das Hotel.«

Fred erinnerte sich an einen frühen Nachmittag, als angeführt vom Hotelerben zwei Männer den Barbereich betraten. Er war an diesem Tag früher als gewohnt zur Arbeit erschienen, da er einen Monteur für sein Gefriergerät erwartete.

Die drei Männer setzten sich an ein Tischchen etwas abseits von der Theke. Der ältere der beiden Besucher, den Fred nicht kannte, sprach etwas laut, da er einen etwas schwerhörigen Eindruck machte. Sein Alter schätzte der Barmann auf gute sechzig Jahre. Seine überdurchschnittliche Konfektionsgröße konnte die Leibesfülle gerade noch einhüllen. Den jüngeren Mann hatte Fred vor zwei Tagen schon einmal durch das Gebäude wandern sehen, alles genau betrachtend. Im Gegensatz zu seinem Begleiter war es ein schlanker Typ in einem modischen Anzug. Er war wohl halb so alt und nahezu gleichaltrig wie der Dritte in der Runde, den Fred kannte, der Hotelerbe, beide Mitte dreißig.

»Ich glaube, wir haben alles gesehen vom Keller bis zum obersten Stock«, sagte der Ältere. Er war sichtlich froh, trotz des Lifts, den sie benutzt hatten, jetzt einen Sitzplatz einnehmen zu können. Er lehnte sich weit zurück, nur sein kugelförmiger Bauch ragte nach oben. Er begann das Gespräch:

»Hier sitzt man besser als in irgendeinem ungemütlichen, kalten Nebenzimmer.«

Der junge Mann legte eine Schreibmappe auf den Tisch und schaute erwartungsvoll abwechselnd zu den beiden anderen.

»Darf ich Ihnen ein Getränk anbieten«, fragte der Hotelerbe.

»Ich trinke ein Weißbier«, war der ältere laut zu hören, der als erster das Angebot aufgriff.

»Für mich eine Tasse Kaffee, bitte.«

Der Gastgeber, ging zur Bar und gab seine Bestellung auf.

Kurz darauf kam Fred mit den Getränken an den Tisch.

Er nannte die Bestellung: »Ein Weißbier und zwei Kaffee.«
Wie wenn er es geahnt hätte, stellte er das Weißbierglas vor
den Älteren hin. Die beiden Kaffeetassen waren leicht zuzu-
ordnen, da der Ältere nicht protestierte, sondern nur bemerkte:
»So ist's recht.«

»Also, um es kurz zu machen: In den Kasten müsste man
einiges an Geld stecken, um ihn in einen modernen Zustand
zu versetzen«, sagte der Ältere mit lauter Stimme.

Fred blickte nur kurz auf und fuhr fort, an der Bar wieder seine
Gläser zu polieren.

Der Hotelerbe sagte etwas, was für Fred nicht verständlich
war.

»Die Alternative ist der Abriss«, war der Ältere wieder deutlich
zu hören.

Der Hotelerbe blickte kurz in Richtung der Bartheke, doch
Fred war gerade dabei den eingetretenen Monteur zu begrü-
ßen.

Der Jüngere der Besucher kritzelte Zahlen und Strich-
männchen sowie geometrische Figuren in seinen Schreibblock. Er schien gelangweilt und unbeteiligt.

»Eine Sanierung würde den Wert des Gebäudes übersteigen.
Was an Wert ist, ist das Areal. Das würde etwas bringen. Also
ich denke, abreißen und etwas Neues daraufsetzen. Aber es
ist Ihre Entscheidung«, bemerkte der Ältere und drückte seinen Standpunkt deutlich aus.

Dann stand er mühsam auf und sagte: »Entschuldigen Sie
mich für einen Moment«, und verließ den Barraum.

»Was meinen Sie? Sie haben sich noch überhaupt nicht ge-
äußert. Sie haben vor zwei Tagen alles genau unter die Lupe
genommen. Sie müssten doch ein genaueres Urteil abgeben
können«, drängte der neue Besitzer.

»Wenn ich mir die Zahlen anschaue, so hat mein Vater Recht. Und er ist der Chef. Ich bin nur der Junior.«

Er deutete mit seinem Kugelschreiber auf eine Zahlenkolonne auf seinem Schreibblock. Er riss das Blatt vom Block, drehte es dem Hotelerben zu, der nur kurz das Geschriebene überflog.

Der Ältere kehrte wieder in die Bar zurück und sagte:

»Ich erwarte Ihren Anruf und Ihre Entscheidung Anfang nächster Woche. Eine Bau- bzw. Abbruchgenehmigung dauert seine Zeit. Aber ich habe gute Kontakte zur Verwaltung.«

Alle beide erhoben sich von ihren Plätzen, der Ältere hatte sich erst gar nicht wieder gesetzt und sie gingen gemeinsam in den Rezeptionsbereich des Hotels.

Fred sah nur noch aus den Augenwinkeln, wie sich die Herren verabschiedeten.

Der Monteur war unter der Theke abgetaucht und löste die Befestigung des Gefriergerätes. Während er das Gerät ausbaute, ging Fred zu dem Tisch, um das benützte Geschirr und die Gläser abzuräumen. Um den Tisch abwischen zu können, legte er das Blockblatt auf sein Tablett, ging zur Theke zurück und schob es auf den Tresen. Dabei war es unvermeidlich, das Blatt, das offen vor ihm lag, zu betrachten. Der Kopf des Blattes verriet ihm die Besucher. Da stand: Weidenthaler und Sohn, Architekten. Darunter eine Zahlenkolonne mit sechsstelligen Posten und eine Summe: siebenstellig.

Kaum hatte Fred das Geschirr hinter die Theke gestellt, erschien der Hotelerbe.

»Ich habe meine Notiz liegenlassen. Haben Sie das Blatt gesehen«, fragte er, als er den Tisch, den er und seine Besucher verlassen hatten, bereits aufgeräumt vorfand.

»Das Blatt liegt noch hier auf dem Tablett«, sagte Fred.

Der Mann nahm das Blatt vom Tablett und schien erleichtert:

»Entschieden ist noch nichts.«

Es kam Fred so vor, als wäre er in diese Angelegenheit, die den Mann beschäftigte, bis ins Detail eingeweiht. Er erwiderte nichts und bückte sich zum Monteur hinunter. Der Hotelerbe verließ mit abwesendem Blick die Hotelbar.

Das Bimmeln der Straßenbahn schreckte Fred aus seinen Gedanken hoch. Er saß noch eine Weile in der seine Gedanken weit zurückhingen. Nach der vierten Bahn, die eben die Haltestelle passiert hatte, stand er mühsam auf und ging schweren, schleppenden Schrittes die Straße hinunter, bog um eine Hausecke und verschwand in einer Seitenstraße.

Es regnete. Trotzdem hatte sich der Barmann Fred, mit Mantel und Regenschirm ausgestattet, zur Haltestelle der Straßenbahn begeben. Er ließ sich auf dem Bänkchen nieder und verfolgte die Arbeiten des Hotelabbruchs, die jetzt am zweiten Stock angelangt waren. Damals, es war nicht so lange her, hatte sich eine ganze Fußballmannschaft in einer kompletten Zimmerflucht eingemietet. Die jungen Leute achteten weniger auf Stil und Etikette als die älteren Herrschaften, die gewöhnlich das Hotel gebucht hatten. Sie brachten mit ihrer Ungezwungenheit einiges Leben in den Betrieb und auch in die Bar.

Fred erinnerte sich mit einem Lächeln auf den Lippen an die Stunden von damals.

Von draußen kamen sie in die Bar. In ihren Trainingsanzügen machten sie dort einen deplatzierten Eindruck. Doch der Barmann kannte die Stars aus Hamburg, die morgen zu einem wichtigen Spiel in der Allianz-Arena antreten mussten. Die drei hatten noch einen kleinen Abendspaziergang um den Hotelkomplex gemacht. Wie immer stieg der Verein im Hotel Kaiserhof ab, die Mannschaft, der Trainer und der ganze Stab des Vereins. Heute waren sogar Teile des Vereinspräsidiums dabei.

Die Spieler waren in lockerer Gelöstheit an die Bar getreten. Sie orderten bei Fred einen Lemon Cooler, einen Apricot Orange und einen Cocomara.

»Der Cocomara wird bei uns sehr selten bestellt«, sagte Fred augenzwinkernd, »da muss ich erst einmal spicken.«

Er zog mit einem Griff sein Mixbuch unter der Theke hervor und blätterte geschickt auf die fragliche Seite.

»Aha, so geht der«, sagte er nun wissend.

»Para nós em casa, isso é bebido com mais freqüência.«

Fred konnte nur ahnen, was der junge Spieler ausdrücken wollte.

»Aber egal, er soll seinen Drink kriegen«, sagte er sich.

Er machte sich in einer wundersamen Geschwindigkeit an die Arbeit.

Für den Lemon Cooler füllte er Limettensirup und Limettensaft und die gleiche Menge Zitronensaft in den Shaker, schüttelte das Ganze kräftig durch und füllte sie in ein Longdrinkglas Er füllte das Glas mit Bitter Lemon auf und garnierte es mit einer Zitronenscheibe und zwei Cocktailkirschen. Er steckte noch einen Stirer, einen Rührlöffel, in das Glas und stellte es auf die Theke.

Für den Apricot Orange, einem fruchtig-lieblichen Longdrink goss er Cointreau, Orangen- und Aprikosensaft und Apricot Brandy in einen Shaker, mixte alles zusammen mit Eiswürfel, um es dann in ein großes Cocktailglas zu seihen und mit einem Kirschenpärchen am Glasrand zu dekorieren.

Für den Cocomara brauchte Fred ein Drittel Maracujanektar, ein Drittel Orangensaft und ein Drittel Grapefruitsaft sowie etwa 2 cl Cream of Coconut. Er mixte alle Zutaten in einem Shaker mit Eis und seihte die Mischung in ein Longdrinkglas. Zum Abschluss steckte er noch eine Limettenscheibe an den Rand des Glases.

In wenigen Minuten standen alle drei dieser unterschiedlichen Getränke vor den erstaunten Sportlern.

»Nun habe ich auch den Cocomara drauf«, verkündete Fred mit einem triumphierenden Lächeln.

Kaum standen die Getränke vor ihnen und sie saugten den ersten Schluck mit dem Trinkhalm aus dem Glas, erschien der Trainer in der Bar.

»Ausgang bis um 22 Uhr, aber von Saufen war nicht die Rede«, knurrte er erzürnt.

»Es ist nur ein kleiner Drink, Trainer - und alle völlig alkoholfrei.«

»Na, das möchte ich doch nachprüfen.«

»Fred«, sagte er zum Barmann, denn sie kannten sich schon viele Jahre, als der Trainer noch andere Mannschaften betreut hatte, »Fred«, wies er den Barmann an, »geben Sie mir bitte einen Trinkhalm.«

Der Barmann nahm hinter seiner Theke ein Trinkglas, das wohl mit einem Duzend Halmen gefüllt war und hielt es dem Trainer hin. Der zog sich einen Halm heraus und steckte ihn in das erste Cocktailglas. Er zog heftig daran, ließ das Getränk seinen Mund füllen und schmatze. Er verzog sein Gesicht wie bei einem Zitronensaft, denn er hatte nicht mit dieser Geschmacksrichtung gerechnet.

»Ein wenig zu sauer, der Drink, aber ohne Alkohol.«

Nun tat er einen Schritt zur Seite und steckte den Trinkhalm in das nächste Glas mit dem Apricot Orange-Drink. Und wieder zog er kräftig an.

»Nicht schlecht. Das ist mir etwas zu süß. Schmeckt dir so ein pappiges Zeug«, fragte er den Spieler.

»Außerdem muss da Schnaps drin sein, ich schmecke ihn jetzt.«

»Besser als nur Orangensaft oder Mineralwasser«, gab der Spieler zurück.

Der dritte Spieler wollte sein Glas aus dem Bereich des Trainers wegziehen, doch der Trainer sagte:

»Stopp. Dageblieben. Das probier' ich auch noch.«

Er zog wieder eine Menge, die seinen Mundraum füllte, aus dem Glas.

»Da ist aber Schnaps drin. Den schmeck ich raus. Hey, Marcelo, was erlaubst du dir eigentlich?«

»Nein, ich schwöre, da ist kein Alkohol drin, vielleicht nur ein bisschen.«

»Also in zweien der Drinks war zweifelsfrei Alkohol enthalten.«

»Ein kleiner Drink nur, außerdem stehe ich für morgen ohnehin nicht in der Aufstellung. Das war doch so besprochen«, sagte der älteste der Spieler.

»Das ist egal. Gleich kommt noch der Präsident mit dem Sportdirektor, dann ist hier der Teufel los und ich darf dafür geradestehen.«

Kaum hatte er das gesagt, erschienen der Präsident und der Sportdirektor in der Bar.

Der Präsident machte ein verwundertes Gesicht und der Sportdirektor wollte gerade zu einer ernsten Rüge ansetzen, da sagte der Trainer:

»Nur harmlose Drinks, alle alkoholfrei.« Er winkte beschwichtigend mit der Hand.

»Will ich doch hoffen«, brummte der Präsident.

Die Spieler beeilten sich, ihre Gläser zu leeren und umgehend die Bar zu verlassen. Der Barmann beeilte sich, die Gläser rasch vom Tresen zu nehmen und stellte sie in die Spüle seiner Bar. Er wollte keine Unruhe und keine Konflikte entstehen lassen.

Einer der Spieler rief: »Die Rechnung auf Zimmer 315, bitte.«

Der dunkelhäutige Spieler sagte im Vorbeigehen, kaum für die anderen hörbar auf Portugiesisch: »Muito obrigado, Treinador!«

Dann waren die Spieler rasch verschwunden.

»Das sollte aber nicht zur Gewohnheit werden, dass die Spieler in die Bar gehen. Ich hoffe, die wissen alle, was morgen auf dem Spiel steht. Und Sie als Trainer wissen das auch, besonders Sie«, sagte der Präsident, als die Spieler schon bereits außer Hörweite waren.

»Ich glaube, wir sind gut aufgestellt für morgen. Der Rest ist auch ein wenig Glückssache und von der Tagesform der einzelnen Spieler abhängig.«

»Also dann: toi, toi, toi«

»Aber wir könnten uns noch etwas bestellen«, sagte der Sportdirektor. »Wir müssen ja nicht spielen«. Er lachte.

Das Spiel wurde verloren. Fred konnte den Sportbericht in der nächsten Ausgabe nachlesen.

»An meinen Drinks kann es nicht gelegen haben, wenn man mit drei Toren Unterschied verliert«, murmelte Fred, faltete die Zeitung zusammen und legte sie beiseite.

Eine halbe Woche später war Fred wieder zur Haltestelle gekommen und hatte auf dem Gittersitz Platz genommen. Er
starrte mehr in einer verträumten Abwesenheit auf die Arbeiten auf der gegenüberliegenden Straßenseite, die er ruhig
beobachtete. Sein Blick und sein Kopf blieben starr und un-
beweglich. Die Arbeiten gingen flott vonstatten und zwangen
ihn dazu, täglich zur Haltestelle zu kommen, er wollte jeden
Abschnitt des Abbruchs mitverfolgen. Der erste Stock wurde
gerade abgebrochen und bald kam das Erdgeschoß an die
Reihe, dort wo sein Arbeitsplatz gelegen hatte. Die Gedanken,
die durch seinen Kopf schwirrten, brachten nur einzelne Bilder
hervor, keine zusammenhängende Episoden. Sie sprangen
von Person zu Person, von Drink zu Drink. Mitunter konnte er
nur noch verschwommene Zuordnungen von den Getränken
zu den Personen treffen, die er häufig bedient hatte.

Nach zwei Tagen machte der alte Mann einen vollkommenen
traurigen Eindruck. Auf der anderen Straßenseite war die Eta-
gendecke zwischen Erdgeschoss und ersten Stock schon fast
vollständig aufgebrochen. Um den aufgewirbelten Staub zu
binden, besprühten Arbeiter die auseinanderbrechenden Be-
tonstücke mit Wasser aus dicken Schläuchen. Der Kran hob
die Bruchstücke auf die Lkw, die in einer Reihe wartend vor
dem Gebäude auf ihre Beladung parkten. Die einen Lkw fuh-
ren beladen ab, andere ankommende reihten sich hinten in die
Schlange ein. Ein Arbeiter musste nun halb offiziell, den vor-
beischleichenden Verkehr, der nun erheblich behindert war,
notdürftig dirigieren, um das Abfahren der Lkw zu erleichtern.

Mit einem ungläubigen, verständnislosen Blick verfolgte Fred die fortschreitenden Tätigkeiten gegenüber. Er atmete unregelmäßig. Die Bilder der Erinnerung verschwammen.

Würde er wieder kommen, wenn der Platz, an dem das Hotel stand, vollständig abgeräumt war? Würde ihn der geplante Neubau interessieren?

Bald waren die Arbeiten im Erdgeschoss angelangt, dort wo einst der Eingang, die Rezeption, die Launch, das große Restaurant und seine Bar waren.

Der Besitzer des Friseurladens, der regelmäßig vor sein Geschäft trat, um sich eine Zigarette anzustecken, sah den alten Mann wie immer in den letzten Wochen auf dem Bänkchen an der Haltestelle sitzen. Und wie schon in den vergangenen Tagen kam er hinter der Glasscheibe herum, die einen Seitenschutz darstellte, denn das Werbeplakat verdeckte seine Sicht auf die Sitzbank und sprach den dort sitzenden alten Mann an, wie er es auch die letzten Tage getan hatte. Doch es war schon Mittagszeit und um diese Zeit saß Fred nie an der Haltestelle. Er hatte sich immer zur gleichen Zeit auf den Heimweg gemacht. Der Friseur trat vor den scheinbar schlafenden Mann.

»Hallo, Fred, wie geht's heute.«

Doch der Mann rührte sich nicht, er hob nicht einmal den Kopf. War er etwa bei den immer ähnlichen Bildern des Hausabbruchs eingenickt?

Der Friseur setzte sich auf den freien Platz neben ihm. Vorsichtig stieß er ihn mit dem Ellbogen an.

»Hallo, Fred. Wer wird denn mittags noch schlafen?«

Aber Fred zeigte keine Reaktion.

Der Friseur zog an seiner Zigarette und blies den Rauch dem Mann ins Gesicht. Es erfolgte keine Reaktion. Der Friseur erhob sich und kniete sich vor den alten Mann. Der Ausdruck, den das Gesicht des Mannes offenbarte, war nicht mehr das

Gesicht, in das er jetzt wochenlang, nahezu tagtäglich geblickt hatte. Das Gesicht war leblos und blass.

»Mein Gott, Fred!«, rief der Friseur erschrocken.

Er stand auf, eilte in seinen Laden und kam sofort wieder zur Haltestelle und positionierte sich wie eine Wache neben dem zusammengesunkenen alten Mann. Der Notarzt war nach wenigen Minuten an Ort und Stelle. Auch eine Polizeistreife hielt auf dem Fußweg vor der Haltestelle. Ein Menschentraube hatte sich rasch um den Arzt, der den Mann nur oberflächlich untersuchte, gebildet. Die Polizisten versuchten, die Menge der Schaulustigen zurückzudrängen.

Der Arzt erhob sich und schüttelte in Richtung des Sanitäters, der ihn begleitete, nur den Kopf.

»Nichts mehr zu machen! Exitus! Ruf den Leichenwagen an, wir können ihn nicht mitnehmen.«

Der Sanitäter ging zum Einsatzfahrzeug, setzte sich auf den Fahrersitz und gab seinen Funkspruch durch. Der Arzt hob sein Köfferchen hoch, das er nicht einmal zu öffnen gebraucht hatte.

Seine Bar war verschwunden. Den Aushub des Hotelkellers konnte Fred nicht mehr verfolgen. Es war auch nicht mehr von Bedeutung. Nichts mehr. Weder das Hotel, weder seine Arbeit, weder seine Bar, noch sein Leben.

Anmerkung des Verfassers:

Alle in diesem Buch geschilderten Handlungen und Personen sind frei erfunden. Ähnlichkeiten mit lebenden oder verstorbenen Personen wären zufällig und sind nicht beabsichtigt

Aus Freds Mixbuch - die 32 beliebtesten Cocktails mit Rezept und Anleitung:

Die Auswahl an unterschiedlichen Cocktails und Variationen von Klassikern ist nahezu unendlich und tagtäglich kreieren Bartender in aller Welt neue und spannende Rezepte. Trotz dieser Fülle an neuen Ideen setzt sich allerdings das eine oder andere klassische Cocktail-Rezept noch immer gegenüber neuen Kreationen durch und soll auch in unserer Sammlung der 32 beliebtesten Cocktail-Klassiker Erwähnung finden.

Apricot Orange

Schwierigkeit: leicht
Glas: Longdrink-Glas
Dekoration: Cocktailkirsche

Zutaten:

4 cl Cointreau
3 cl Orangensaft
3 cl Aprikosensaft
1 cl Apricot Brandy
1 Cocktailkirsche

Zubereitung:

Alle Zutaten zusammen im Shaker mit Eiswürfeln schütteln und in ein Longdrink-Glas seihen. Die Kirsche an den Glasrand stecken.

Bloody Mary

Ebenfalls zu den ausgefalleneren Cocktails zählt die berühmte Bloody Mary, die im Gegensatz zu den meisten anderen Cocktails nicht süß, sondern würzig und leicht scharf schmeckt und zur Hauptsache aus Wodka und Tomatensaft besteht.

Die erste Bloody Mary soll Fernand Petoit 1912 in der "Harrys New York Bar" in Paris gemixt haben. Laut Petoit selbst soll Ernest Hemingway als Namensgeber diesen Drink seiner vierten Frau Mary Welsh gewidmet haben.

Schwierigkeit: mittel
Glas: Longdrink-Glas
Dekoration: Selleriestange

Zutaten:

1 cl Zitronensaft
6 cl Wodka
10 cl Tomatensaft
Worcestershire Sauce
Tabasco
Selleriesalz, Pfeffer

Zubereitung:

Alle Zutaten im Shaker mit Eis kräftig schütteln und das Gemisch in ein Longdrink-Glas abseihen. Als optisches Highlight mit einer Selleriestange oder Blättern dekorieren.

Caipirinha

Wohl einer der bekanntesten und weltweit beliebtesten Cocktails ist die (oder auch der) Caipirinha.
Der Name leitet sich vom brasilianischen "caipira" ab, was übersetzt so viel bedeutet wie Landbewohner, womit auch bereits die geographische Herkunft dieses fein-herben Getränks erklärt wäre.
Die Basis bildet der Cachaça, ein Schnaps aus unreif geerntetem Zuckerrohr, der früher besonders bei der armen Landbevölkerung wegen der schnellen und günstigen Herstellung beliebt war.
Zusammen mit den ebenfalls reichlich vorhandenen Limetten und dem Rohrzucker entstand so die Caipirinha, ursprünglich als "Arme-Leute-Getränk".

Schwierigkeit: schwer
Glas: Caipirinha-Glas
Dekoration: Limette

Zutaten:

5 cl Cachaça
1 Limette, gewürfelt
2 TL brauner Zucker

Zubereitung:

Die Limette wird geachtelt und mit Hilfe eines Holzstößels direkt im Glas unter Zugabe des Zuckers ausgepresst. Danach das Glas mit Crushed Ice auffüllen und Cachaça darüber geben.
Nach Belieben mit Hilfe eines Barlöffels noch einmal kurz mischen und servieren.

Cocomara

Ein fruchtig-milder, alkoholfreier Longdrink für heiße Tage.

Schwierigkeit: leicht
Glas: Longdrinkglas
Dekoration: Limettenscheibe

Zutaten:

4 cl Maracujanektar
4 cl Orangensaft
4 cl Grapefruitsaft
2 cl Cream of Coconut

Zubereitung:

Alle Zutaten zusammen im Shaker mit Eis schütteln und in das Glas seihen. Die Limettenscheibe an den Glasrand stecken.

Coconut Banana

Ein lieblicher, fruchtiger Longdrink für den Sommer.

Schwierigkeit: leicht
Glas   Longdrinkglas
Dekoration: 1 Stück Banane

Zutaten:

6 cl Milch
2 cl Sahne
2 cl Cream of Coconut
2 cl Bananensirup

Zubereitung:

Alle Zutaten zusammen im Shaker mit Eis kräftig schütteln und in ein Longdrinkglas mit Crushed Ice seihen.
Die Bananenscheibe an den Glasrand stecken.

Cosmopolitan

Seit den 1990ern wieder groß in Mode und durch die
Serie „Sex and the City" weltbekannt ist der moderne
Cosmopolitan.

Das ursprüngliche Rezept dieses Cocktails tauchte zwar
bereits um 1934 in Barbüchern und Rezeptsammlungen
auf, geriet danach aber völlig in Vergessenheit, bis es
dann Anfang der 90er sein Revival in veränderter Zusammensetzung feierte.

Schwierigkeit: leicht
Glas: Martiniglas
Dekoration: Limettenscheibe, geviertelt

Zutaten:

2 cl Wodka
1 cl Limettensaft
1 cl Triple Sec oder
1 cl Cointreau
2 cl Cranberrysaft

Zubereitung:

Alle Zutaten zusammen mit Eis shaken und in das gekühlte Martiniglas geben. Nach Belieben mit Limettenscheibe garnieren.

Cuba Libre

Wie der Name schon sagt, stammt der klassische Cuba
Libre aus Kuba.

Der Name des Cocktails, der zur Hauptsache aus kuba-
nischem Rum und Cola besteht, soll während des Unab-
hängigkeitskrieges 1898 von amerikanischen Soldaten
geprägt worden sein, die nicht nur die Coca Cola mit
nach Kuba brachten, sondern auch mit dem Ausspruch
"Viva Cuba libre" - "Es lebe das freie Kuba" auf das Ende der spanischen Kolonialherrschaft in Kuba angesto-
ßen haben sollen.

Schwierigkeit: leicht
Glas: Highball
Dekoration: evtl. Limettenscheibe

Zutaten:

4 - 6 cl weißer Rum
12 cl Cola
½ Limette
1 cl Limettensaft

Zubereitung:

Die Limette in Achteln über dem Glas ausdrücken und hineingeben. Dann Eiswürfel oder Crushed Ice dazugeben und mit Rum, Cola und Limettensaft auffüllen.

Daiquiri

Auch wenn es die kubanische Stadt mit dem klangvollen Namen Daiquiri tatsächlich gibt, so ist es doch eher unwahrscheinlich, dass der gleichnamige Cocktail dort seinen Ursprung hat.

Der typische Sour-Cocktail soll seine Bekanntheit eher der kubanischen Bar "El Floridita" in Havanna verdanken, deren berühmtester Gast der Schriftsteller Ernest Hemingway war.

Da viele Amerikaner zu Zeiten der Prohibition dem Genuss von Alkohol auf Kuba frönten, kam der Daiquiri auf diesem Weg auch in den USA zu großer Beliebtheit. Auch bei diesem Cocktail sind neben der klassischen, Variante, die aus wenigen Zutaten besteht, auch Abwandlungen wie der Strawberry Daiquiri besonders bekannt und beliebt.

Schwierigkeit: schwer
Glas: Cocktailschale
Dekoration: Limettenscheibe, weitere nach Belieben

Zutaten:

4 ½ cl Rum
2 ½ cl Limettensaft
1 ½ cl Zuckersirup

Zubereitung:

Die Zutaten zusammen mit Eis shaken und in die gekühlte Cocktailschale geben. Klassisch mit einer Limettenscheibe garnieren.

Gin Fizz

Ein Fizz ist ein erfrischender, alkohol- und kohlensäurehaltiger Cocktail. Er gehört zu den Klassikern in der Geschichte der Cocktails und bildet mit seinen zahlreichen Varianten eine eigene Gruppe. Er ist für alle Gelegenheiten geeignet.

Schwierigkeit: leicht
Glas: Tumbler
Dekoration: Zitronenscheibe

Zutaten:

4 cl Gin
2 cl Zitronensaft
1 cl Zuckersirup
Sodawasser zum Auffüllen
½ Zitronenscheibe

Zubereitung:

Alle Zutaten außer Soda zusammen im Shaker mit viel
Eis schütteln, in den Tumbler gießen und mit Soda auffüllen. Die Zitronenscheibe an den Glasrand stecken. Mit
einem Trinkhalm servieren.

Harvey Wallbanger

Ein kalifornischer Surfer soll dem Harvey Wallbanger
Cocktail seinen Namen gegeben haben.
Der junge Mann mit Namen Harvey habe angeblich nach
dem Genuss einiger dieser erfrischenden Cocktails in
einer Bar am Manhattan Beach seinen Kopf immer und
immer wieder gegen eine Wand geschlagen, weil er zu-
vor von einem Surfwettbewerb ausgeschlossen worden
war.

Unter dem Namen Italian Screwdriver war dieses Cock-
tailrezept allerdings auch vor dieser Begebenheit bereits

bekannt und beliebt. Die Kumquat oder auch Zwergorange sorgt hier als Dekoration für ein optisches Highlight.

Schwierigkeit: mittel
Glas: Highball
Dekoration: Kumquat, Cocktailkirsche

Zutaten:

3 cl Galliano
3 cl Wodka
12 cl Orangensaft
1 Kumquat
1 Cocktailkirsche

Zubereitung:

Alle Zutaten mit Eis shaken und in ein gekühltes Glas mit
Eiswürfeln oder Crushed Ice geben. Mit einem Frucht-
spieß mit Zwergorange und Kirsche dekorieren und den
Cocktail mit einem Barlöffel servieren.

Hemingway Special

Der Hemingway Cocktail ist ein köstlicher Rum-Klassiker
aus Kuba.
Dieser Drink ist nicht nur eine Hommage an einen der
bedeutendsten Schriftsteller des 20. Jahrhunderts, er
wurde auch von diesem en masse konsumiert. Benannt
nach Ernest Hemingway ist der Hemingway Special oder
auch Papa Doble eine der bekanntesten Daiquiri-

Varianten. Ein Cocktail mit einer langen Geschichte und einem äußerst ansprechenden Aroma.
Ernest Hemingway, der in seinen späteren Tagen an Diabetes Typ II litt, bestellte Daiquiris zu jener Zeit üblicherweise ohne Zucker. Dafür bevorzugte er jedoch die doppelte Menge Rum.

Schwierigkeit: mittel
Glas: Sektglas
Dekoration: Kirsche

Zutaten:

1 cl Rum, weiß
1 cl Zitronensaft
1 cl Cointreau
8 cl Sekt

oder sauer-herb erfrischend

1 cl   Kirschlikör (Maraschino)
4 cl   Rum (weiß) Havana Club 3 anos
1-2 cl   Grapefruitsaft
2 cl   Limettensaft

Zubereitung:

Alle Zutaten mit einer Barschaufel gestoßenes Eis im Shaker zubereiten. Serviert wird der Cocktail in einer Cocktailschale.
Das Ernest Hemingway Special-Rezept stammt aus Schumann`s Tropical Barbuch, wobei in dem Buch der Saft einer halben Limette angegeben wird. Man kann also eventuell sogar mehr als 2 cl Limettensaft verwenden, je nach persönlichem Geschmack.

Irish Coffee

Nicht jeder denkt beim Begriff Cocktail spontan auch an so genannte Hot Drinks, zu denen auch der sahnig-herbe Irish Coffee zählt. Kühle Abende macht dieses wärmende Getränk mit echtem irischem Whiskey besonders gemütlich.

Der Irish Coffee wird traditionell durch die kühle Sahnehaube getrunken, denn echte Kenner schwören auf das Geschmackserlebnis der Kombination aus Sahne und heißem Kaffee mit Whiskey. Daher sollte man bei der Zubereitung darauf achten, dass sich die Sahne nicht mit dem Kaffee vermischt.

Schwierigkeit: mittel
Glas: Irish-Coffee-Glas
Dekoration: ohne

Zutaten:

4 cl Whiskey
1 Tasse heißer Kaffee
1 TL brauner Zucker
Schlagsahne

Zubereitung:

Den Whiskey, Zucker und den heißen Kaffee in ein Glas geben. Etwas Sahne leicht schlagen. Ungefähr 4 Esslöffel der Sahne als Haube auf den Irish Coffee setzen.

Kir Royal

Der Kir Royal ist eigentlich ein Cocktail, der zum Kultgetränk der späten 1980er Jahre wurde. Der Urahn des Kir Royal heißt schlicht Kir und wurde nach Félix Kir (1876-1968), dem exzentrischen Bürgermeister von Dijon, benannt, der den Bauern-Cocktail Blanc-Cassis (also: Weißwein mit Cassis) zum offiziellen Trunk des Rathauses machte. Durch die Verwendung von Champagner wird dieser sozusagen mit dem Zusatz "Royal" geadelt. Der Kir Royal ist ein sehr erfrischendes Getränk, da der Johannisbeerlikör im Gegensatz zu anderen Likören nur wenig süß und trotzdem fruchtig schmeckt.

Schwierigkeit: leicht
Glas: Sektglas
Dekoration: ohne

Zutaten:

1 cl Crème de Cassis
10 cl trockener Sekt oder Champagner zum Auffüllen

Zubereitung:

Den Likör in das Glas geben und mit Sekt oder Champagner auffüllen.

Lemon Cooler

Es ist ein herb-säuerlicher, erfrischender Cooler für den Sommer.

Schwierigkeit: leicht
Glas: Longdrinkglas
Basis: Fruchtsäfte
Dekoration: Zitronenscheibe, Cocktailkirschen

Zutaten:

2 cl Limettensirup
2cl Limettensaft
4 cl Zitronensaft
Bitter Lemon zum Auffüllen
1 Zitronenscheibe
2 Cocktailkirschen

Zubereitung:

Alle Zutaten außer Bitter Lemon im Shaker mit Eis schütteln, in das Longdrinkglas mit Eis seihen und mit Bitter Lemon auffüllen. Die Zitronenscheibe an den Glasrand stecken. Eine Cocktailkirsche mit einem Sticker daran befestigen. Die zweite Kirsche ins Glas legen. Mit einem Stirer servieren.

Long Island Iced Tea

In dieser Aufzählung darf natürlich auch der klassische Long Island Iced Tea nicht fehlen - auch wenn er eigentlich weniger ein Cocktail als ein Longdrink ist.

Grundzutaten sind Wodka, Gin, Rum, Triple Sec Curacao und Tequila, also eine recht explosive Mischung.

Um die Entstehung dieses Cocktails ranken sich verschiedene Geschichten, von denen aber keine eindeutig belegt ist. Eine bekannte Variante ist die, dass eine gelangweilte amerikanische Hausfrau den Cocktail erfunden habe, indem sie sich aus der Hausbar immer nur in kleinen Schlucken von den unterschiedlichen Spirituosen bediente und diese Mischung dann zur Tarnung anschließend mit Cola auffüllte.

Schwierigkeit: mittel
Glas: Highball
Dekoration: Zitronenscheibe nach Belieben

Zutaten:

1 ½ cl Tequila
1 ½ cl Wodka
1 ½ cl Triple Sec
1 ½ cl Gin
2 ½ cl Zitronensaft
3 cl Gomme Sirup
1 Schuss Cola

Zubereitung:

Alle Zutaten bis auf die Cola im Shaker kräftig shaken und anschließend in ein hohes Glas geben. Eis dazugeben und mit Cola auffüllen. Nach Belieben mit einer Zitronenscheibe garnieren.

Mai Tai

Ein klassischer Rum-Cocktail ist der Mai Tai, der sich in aller Welt großer Beliebtheit erfreut. Er gehört zu den klassischen Tiki-Drinks, wie auch der Zombie.

Als Tiki-Ära oder Tiki-Kultur bezeichnet man übrigens eine Modewelle aus den 50er und 60er Jahren, die stark von Südsee-Flair geprägt war.

Wer letztendlich der Erfinder des Mai Tai war, ist nicht genau geklärt, da es mehrere hawaiianische Bartender gab, die das Ursprungsrezept für sich beanspruchen.

Schwierigkeit: schwer
Glas: Ballonglas oder Highball
Dekoration: Früchte nach Belieben

Zutaten:

6 cl brauner Rum
2 cl Cointreau
1 cl Zuckersirup
1 cl Mandelsirup
2 cl Zitronensaft
Zitronen

Zubereitung:

Alle Zutaten mit Eis shaken und anschließend in das mit Crushed Ice gefüllte Glas geben und nach Belieben dekorieren.

Manhattan

Der Manhattan ist ein klassischer Cocktail aus amerikanischem Whiskey und rotem süßen Wermut und gehört als kleiner, aromatischer und stark alkoholischer Shortdrink zur Gruppe der Aperitifs oder Before-Dinner Cocktails.
Die meisten Quellen geben an, dass er Mitte der 1970er im Manhattan Club in New York eigens für die Mutter von Winston Churchill kreiert worden sei.

Schwierigkeit: leicht
Glas: Martiniglas
Dekoration: Cocktailkirsche

Zutaten:

4 cl Whiskey
2 cl Wermut
2 Spritzer Angostura
1 Cocktailkirsche

Zubereitung:

Die Zutaten zusammen mit Eis rühren und in ein vorgekühltes Martiniglas geben. Klassisch mit einer bis zwei Cocktailkirschen garnieren.

Margarita

Die Margarita ist ein eher herber bzw. säuerlicher Cocktail auf der Basis von Tequila.

Auch um ihre Entstehung sind im Laufe der Zeit vielfältige Geschichten entstanden, wobei viele davon besagen, dass der Cocktail aus den USA oder Mexiko stammt und vom jeweiligen Barkeeper nach einem Showgirl benannt worden sei.

Neben der klassischen Variante ist besonders die Erdbeer-Margarita bekannt und beliebt.

Schwierigkeit: schwer
Glas: Margarita-Glas
Dekoration: Limettenscheibe, Salzrand

Zutaten:

4 cl Tequila
2 cl Cointreau
2 cl Lime juice
1 cl Zuckersirup

Zubereitung:

Für den Salzrand das Margarita-Glas zuerst in Limettensaft und dann vorsichtig in Salz eintauchen. Die Zutaten einfach zusammen mit Eis shaken und in das vorbereitete Glas geben. Klassisch mit einer Limettenscheibe garnieren.

Martini Extra Dry

Der Martini ist ein klassischer Cocktail. Als trockener, herber und stark alkoholischer Shortdrink zählt er zu den Aperitifs und besteht in der Regel aus Gin und trockenem französischen Vermouth, seltener aus Wodka. Der Cocktail ist nicht mit der gleichnamigen italienischen Wermut-Marke der Firma Martini & Rossi zu verwechseln. Die wohl berühmteste Form des Getränks ist der klassische Dry Martini, der Anistatia Miller und Jared Brown zufolge aus London Dry Gin.

Schwierigkeit: leicht
Glas: konisches Cocktailglas, gekühlt
Dekoration: Olive, Zitronenschale

Zutaten:

5 cl Gin
1 cl Vermouth dry
1 Olive
1 Stück Zitronenschale

Zubereitung:

Die Zutaten zusammen im Rührglas mit Eis verrühren und in das Cocktailglas seihen. Die Olive am Sticker ins Glas geben und den Drink mit der Zitronenschale abspritzen.

Mojito

Ebenfalls ein beliebter und prickelnder Sommercocktail ist der Mojito, der durch die Kombination aus frischer Minze und Limetten seinen ganz besonderen Geschmack bekommt.
Der Mojito stammt ursprünglich aus Kuba und soll der Lieblingscocktail des Schriftstellers Ernest Hemingway gewesen sein. Man vermutet, dass sein Name auf die Mojo, eine typisch kubanische Limettensoße zurückzuführen ist, von der Mojito die Verkleinerungsform ist.

Schwierigkeit: schwer
Glas: Highball oder Caipirinha-Glas
Dekoration: Minzeblätter

Zutaten:

6 cl weißer Rum
3 cl Limettensaft
2 cl Zuckersirup
2 BL Rohrzucker
Sodawasser
Minzeblätter

Zubereitung:

Minzeblätter und Limette gründlich waschen. Dann die Minzeblätter zusammen mit dem Zucker in ein Glas geben und mit dem Stößel zerdrücken. Anschließend die geachtelte Limette dazugeben und ebenfalls mit dem Stößel zerdrücken. Rum und Crushed Ice dazugeben und abschließend mit Sodawasser auffüllen.

Negroni

Der Negroni ist ein klassischer, aus Italien stammender Pre-Dinner Cocktail (Aperitif) mit bitter-süßem Geschmack.

Die Herkunfts-Legende besagt, dass der erste Negroni-Drink vom gleichnamigen Grafen Camillo Negroni 1919 in dessen Lieblingsbar "Caffé Casoni" in Florenz bestellt wurde. Dieser wollte seinen **Americano**, anders als sonst, "un po' più forte", also etwas stärker. Barkeeper Fosco Scarselli mixte ihm daraufhin das Getränk mit Gin statt Sodawasser, garniert mit einer Orangen- statt Zitronenzeste.

Der **Americano**, auf dem der Negroni basiert, besteht aus Campari, süßem Wermut und Club Soda. Anfang des 20. Jahrhunderts lag das Getränk in Italien voll im Trend, ging aber lange Zeit als Milano-Torino (bestehend zu gleichen Teilen aus Campari und rotem Wermut, benannt nach den jeweiligen Regionen: Campari aus Mailand, Cinzano aus Turin) über die Theke.

In Mailand trinkt man gerne auch "Negroni Sbagliato", "falschen Negroni", eine seichte Variante mit Prosecco statt Gin. Das beliebte Getränk basiert wohl auf einem glücklichen Zufall: 1972 goss Mirko Stocchetto in der Mailänder "Bar Basso" aus Versehen Schaumwein statt Gin in einen Negroni.

Schwierigkeit: leicht
Glas: Tumbler (gekühlt) oder Old-fashioned Glass
Dekoration: Orangenscheibe

Zutaten:

3 cl Gin
3 cl Campari,
3 cl roter Wermut (italienisch)
Eiswürfel

Zubereitung:

Der Negroni wird direkt in einem gekühlten Glas zubereitet. Man verrührt dabei mit einigen Eiswürfeln zu gleichen Teilen Gin, roten (italienischen) Wermut und den Bitter-Aperitif Campari und garniert mit einer halben Orangenscheibe.

Piña Colada

Der Inbegriff des tropischen Cocktails ist die cremig-süße Piña Colada, um deren Erfindung sich unterschiedliche Geschichten ranken.

Schon der berüchtigte Pirat Roberto Cofresí (1791-1825) aus Cabo Rojo soll eine Mischung aus Rum, Kokoswasser und Ananas unter seinen Seeleuten ausgeschenkt haben - damals natürlich noch ohne Eis und nicht in der typischen Cocktailform.

Eine andere Geschichte schreibt die Erfindung der Piña Colada der Caribe Hilton, s. Beachcomber Bar des 1949 eröffneten Hotels Caribe Hilton in Puerto Rico zu, aber auch die Bar "La Barrachina", ebenfalls in Puerto Rico, beansprucht die Cocktailkreation für sich und verweist darauf mit einer am Gebäude angebrachten Tafel.

Sicher finden sich noch viele weitere Erklärungen für den Ursprung dieses ganz besonderen Cocktails. Sicher aber ist, dass er unumstritten zu den beliebtesten Klassikern gehört.

Schwierigkeit: mittel
Glas: Ballon-Glas
Dekoration: Ananas, Cocktailkirsche

Zutaten:

3 cl weißer Rum
4 cl Kokosmilch
9 cl Ananassaft
1 cl Sahne

Zubereitung:

Einfach alle Zutaten bis auf das Obst zusammen mit Eis in den Shaker geben und nach dem Shaken in ein großes Glas umfüllen. Zum Schluss nur noch mit den aufgespießten Früchten garnieren.

Planter's Punch

Der Planter's Punch gilt als einer der ersten klassischen Rum-Cocktails und wurde um 1880 zum ersten Mal in einer Londoner Zeitschrift erwähnt. Das Wort Punch (deutsch: Punsch) war damals die gängige Bezeichnung für das, was wir heute als Cocktail bezeichnen. Wer genau diesem speziellen "Punch" den Namen gab, ist allerdings bis heute unklar.

Filmfans kennen diesen Cocktail sicher auch als Lieblingsdrink von Rhett Butler aus dem Klassiker "Vom Winde verweht".

Schwierigkeit: leicht
Glas: Ballon-Glas
Dekoration: Orangenscheibe, Zitronenscheibe

Zutaten:

3 cl weißer Rum
3 cl brauner Rum
3 cl Zitronensaft
4 cl Orangensaft
1 cl Zuckersirup
1 cl Grenadine

Zubereitung:

Alle Zutaten im Shaker mit Eis schütteln und in ein Glas mit Crushed Ice abseihen. Das Glas mit Orangen- und / oder Zitronenscheibe garnieren.

Santana

Ein fruchtig-herber Longdrink, der in jeder Jahreszeit genossen werden kann.

Schwierigkeit: leicht
Glas: Longdrinkglas
Dekoration: Orangenscheibe

Zutaten:

10 cl Sanbitter (ital. Bittergetränk ohne Alkohol)
6 cl Orangensaft
1 cl Zitronensaft

Zubereitung:

Alle Zutaten zusammen mit Eiswürfeln in einem Long-drinkglas verrühren. Eine Orangenscheibe an den Glas-randstecken.

Screwdriver

Der Screwdriver ist eigentlich mehr ein klassischer Longdrink. Bekannt ist er unter diesem Namen etwa seit den 1950er Jahren.

Angeblich kommt der Name von den amerikanischen Ölarbeitern, die das Getränk mit dem Schraubendreher (engl. Screwdriver) umgerührt haben sollen.

Schwierigkeit: leicht
Glas: Highball
Dekoration: Orangenscheibe

Zutaten:

5 cl Wodka
10 cl Orangensaft
1 Orangenscheibe

Zubereitung:

Alle Zutaten mit Eis in ein gut gekühltes Highball-Glas geben und mit Orangenscheibe dekorieren.

Sex on the Beach

Der fruchtig-herbe Cocktail Sex on the Beach wurde zum ersten Mal 1987 in Florida erwähnt. Er entstand im Rahmen eines Wettbewerbs, bei dem es galt, einen Cocktail mit Pfirsichlikör zu mixen. Passend zur Stimmung der jährlichen ausgelassenen Spring-Break-Parties gab man ihm den passenden Namen Sex on the Beach.

Unser Rezept ist die klassische Variante dieses leckeren Cocktails. Man findet allerdings eine Menge unterschiedlicher Rezepturen, die teilweise stark vom ursprünglichen Rezept abweichen, was unter anderem daher kommt, dass der verwendete Cranberrysaft bis vor einigen Jahren bei uns in Deutschland schwieriger zu bekommen war.

Schwierigkeit: mittel
Glas: Highball
Dekoration: Orangenscheibe

Zutaten:

4 cl Wodka
2 cl Pfirsichlikör
4 cl Cranberrysaft
4 cl Orangensaft

Zubereitung:

Einfach alle Zutaten zusammen mit Eis in den Shaker
geben und nach dem Shaken in ein Highball-Glas umfüllen. Zum Schluss nur noch mit der Orangenscheibe und
evtl. mit Schirmchen garnieren.

Side Car

ein säuerlicher Shortdrink, der gerne als Aperitif getrunken wird.

Schwierigkeit: leicht
Glas: Cocktailglas
Dekoration: -

Zutaten:

2cl Weinbrand oder Cognac
2 cl Cointreau
2 cl Zitronensaft

Zubereitung:

Die Zutaten zusammen im Shaker mit Eis schütteln in ein Cocktailglas seihen.

Swimming Pool

Die lecker-cremige Mischung, die seit den 80er-Jahren unter dem Namen Swimming Pool bekannt ist, erhielt ihren Namen in Anlehnung an die entsprechende Optik, die durch den Blue Curacao entsteht, der für die leuchtend blaue Färbung sorgt.

Die Heimat dieses Cocktails liegt tatsächlich in der Schumanns Bar in München, deren Barkeeper Charles Schumann den Swimming Pool nach eigenen Angaben 1979 bereits erfand.

Schwierigkeit: mittel
Glas: Ballon-Glas / Fancy-Glas
Dekoration: Ananas, Cocktailkirsche

<u>Zutaten:</u>

4 cl weißer Rum
2 cl Wodka
1 cl Curacao blue
4 cl Ananassaft
2 cl Kokosmilch
1 cl süße Sahne

<u>Zubereitung:</u>

Einfach alle Zutaten bis auf den Blue Curacao zusammen mit Eis in den Shaker geben und nach dem Shaken in ein mit Crushed Ice gefülltes Fancy-Glas umfüllen. Zum Schluss den Curacao, am besten über einen Barlöffel, langsam einfließen lassen, um für die entsprechende blau-weiße Marmorierung des Cocktails zu sorgen und mit Ananas und Kirsche dekorieren.

Touch Down

Der Name kommt aus der Sprache des Rugby bzw. American Footballs. Es bedeutet das Ablegen des Balles in der gegnerischen Endzone und wird mit einer entsprechenden Punktezahl gewertet. (American Football 6 Punkte.)

Schwierigkeit: leicht
Glas: Fancy-Glas
Dekoration: Orangenscheibe

Zutaten:

6 cl Maracujasaft (wenn möglich frisch)
4 cl Wodka
2 cl Apricot Brandy
2 cl Orangensaft
2 cl Zitronensaft
1 cl Grenadine Sirup

Zubereitung:

Alle Zutaten außer Grenadine Sirup mit wenig Eis shaken. In das Glas abseihen. Für einen schicken Farbeffekt die Grenadine zum Schluss über den Drink gießen. Als Garnitur eignet sich eine Orangenscheibe.

Tequila Sunrise

So ist der Tequila Sunrise einer der Cocktail Klassiker schlechthin.
Kreiert wurde dieser fruchtig herbe Cocktail in den 1940ern in einer kleinen Bar in Mexiko, die dank ihrer Nähe zur US-Grenze und der dort noch herrschenden Prohibition ein beliebtes Ausflugsziel für amerikanische Touristen war.
Mit dem gleichnamigen Kultfilm aus dem Jahr 1988 mit Mel Gibson und Michelle Pfeiffer stieg der Bekanntheitsgrad dieses erfrischenden Cocktails um ein Vielfaches.

Das ursprüngliche Rezept setzte sich aus Tequila, Zitronenlimonade, Grenadine, Sodawasser und Crème de Cassis zusammen. Später ließ man letztere Zutat häufig weg und ersetzte Limonade und Sodawasser durch Orangensaft.

Schwierigkeit: mittel
Glas: Highball
Dekoration: Orangenscheibe

Zutaten:

4½ cl Tequila
9 cl Orangensaft
1 ½ cl Grenadine

Zubereitung:

Den Tequila, Orangen- und Zitronensaft zusammen mit ein paar Eiswürfeln shaken. Eiswürfel in ein Glas geben und den Cocktail durch ein Barsieb eingießen. Die Grenadine an einem Löffel in den Cocktail fließen lassen. Zum Abschluss nach Belieben garnieren (z.B. mit einer Orangenscheibe).

White Russian

Die klassische Variante des White Russian Cocktails besteht aus Wodka, Kaffeelikör (Kahlua) und leicht steif geschlagener Sahne, die so zu den beiden anderen Zutaten gegeben wird, dass sie sich nicht damit vermischt.

Allerdings weichen mittlerweile viele Varianten vom Originalrezept ab und werden statt mit Sahne mit Milch serviert.

Besonders bekannt wurde dieser Cocktail durch den Kultfilm "The Big Lebowski" aus dem Jahr 1998, dessen Hauptdarsteller den White Russian zu seinem Lieblingsdrink erkoren hat.

Schwierigkeit: mittel
Glas: Tumbler
Dekoration: ohne

Zutaten:

3 cl Wodka
3 cl Kahlua - Kaffeelikör
4 cl Milch
1 cl Sahne

Zubereitung:

Alle Zutaten ohne Sahne/Milch in einem Tumbler mit Eis rühren und die Sahne/Milch danach, am besten über einen Barlöffel, so dazu laufen lassen, dass sie sich nicht untermischt.

Zombie

Auch der Zombie zählt als Rum-Cocktail zur Gattung der Tiki-Drinks, die von der Wirklichkeit die Sehnsucht nach Ferne, Sonne und ein Dasein unter Palmen vermitteln sollten.
Erstmals tauchte dieser Cocktail in den 30er-Jahren auf und wurde von Don Beach erfunden, unter anderem

Besitzer des Don the Beachcomber Restaurant in Holly-
wood. Der Name entstammt angeblich der Aussage eines Freundes von Beach, der nach dem Genuss dreier
Zombie-Cocktails meinte, er habe sich wie ein Untoter
gefühlt.

Schwierigkeit: schwer
Glas: Ballonglas oder Highball oder wenn vor-
               handen ein Tiki-Glas
Dekoration: Orangenscheibe, Ananas

Zutaten:

6 cl Rum
2 cl Cherry Brandy
1 cl Apricot Brandy
2 cl Zitronensaft
1 cl Grenadine
Orangensaft
Ananassaft

Zubereitung:

Zutaten bis auf die Säfte mit Eis shaken und anschließend in das mit Crushed Ice gefüllt Glas geben, mit
Orangen- und Ananassaft auffüllen und mit Orangenscheibe und Ananas dekorieren.

Das waren also die 32 beliebtesten Cocktails mit Rezepturen. Probieren Sie es einfach aus, aber bitte nicht an
einem Abend, würde Fred empfehlen. Immer schön der
Reihe nach. Vielleicht entdecken Sie einen neuen Lieblingscocktail? Wir wünschen viel Vergnügen.